Fischer TaschenBibliothek

»Ich stehe an ihrem Grab und betrachte den schlichten Stein, der wie ein stolzer Soldat in seiner einfachen, aber auf Hochglanz polierten Uniform in der frisch aufgeworfenen Erde steht. Die Beerdigung war vor zehn Tagen. Ich bin ein paar Tage zu spät gekommen.
Edwina Weiss steht da in nüchterner Grabsteinschrift.
Edwina … Wie konnten sie dir das nur antun?
Der eisige Wind drückt sich unter meinen hochgeschlagenen Mantelkragen. Er lässt mich frösteln. Ob ihr jetzt auch kalt ist? Die helle Wolke meines Lachens verliert sich schnell über den frischen Blumen im Nichts.
Nein, dir ist bestimmt nicht kalt. Nicht meiner Edda. Mach's gut, Edda, egal, wo und bei wem du jetzt bist. Ich bin mir ganz sicher, sie werden ihren Spaß mit dir haben.«

35 Geschichten aus der Feder von Bestsellerautor Arno Strobel – mal skurril, mal augenzwinkernd, mal hintergründig, mal überraschend, mal voller Gefühl. Und manchmal blitzt an der einen oder anderen Stelle dann doch der Thrillerautor durch.

Arno Strobel, 1962 in Saarlouis geboren, gehört zu den erfolgreichsten deutschen Thrillerautoren. Alle seine Romane sind Bestseller. Bevor er sich ganz auf das Schreiben konzentrierte, arbeitete er lange bei einer großen deutschen Bank in Luxemburg. Arno Strobel lebt in der Nähe von Trier.
Mehr unter www.arnostrobel.de

Außerdem bei FISCHER Taschenbuch erschienen:

»Der Trakt«, »Das Wesen«, »Das Skript«, »Der Sarg«, »Das Rachespiel«, »Das Dorf«, »Die Flut«, »Im Kopf des Mörders – Tiefe Narbe«, »Im Kopf des Mörders – Kalte Angst«

Besuchen Sie Arno Strobel auch auf Facebook.

Weitere Informationen finden Sie auf www.fischerverlage.de

ARNO STROBEL

Die Gefährlichkeit der Dinge

Kurze Geschichten

FISCHER TaschenBibliothek

2. Auflage: Februar 2022

Originalausgabe

Erschienen bei FISCHER Taschenbuch
Frankfurt am Main, Dezember 2018

Dieses Werk wurde vermittelt durch die Literarische Agentur
Thomas Schlück GmbH, 30161 Hannover.

Umschlaggestaltung: Hauptmann & Kompanie, Zürich
Satz: Pinkuin Satz und Datentechnik, Berlin
Druck und Bindung: CPI books GmbH, Leck
Printed in Germany
ISBN 978-3-596-52222-4

INHALT

Die Fliege

Wie aus dem Nichts tauchte sie plötzlich auf.

Ihr unbedeutendes Insektendasein kreuzte das streng geordnete Leben von Gerhard Kuhnert, während er am Frühstückstisch saß und eines seiner abgewogenen Butterstückchen auspackte.

Zwanzig Gramm, mit der Genauigkeit einer digitalen Küchenwaage portioniert, sauber in Papierbriefchen verpackt. Genau ausreichend, um die Oberfläche von zwei Scheiben Toast gleichmäßig zu bedecken, nachdem diese in einer Minute und fünfundzwanzig Sekunden exakt die hellbraune Tönung angenommen hatten, die sie haben *mussten.*

Als die Fliege auf seinem Handrücken landete und sich sofort zu einer kribbelnden Expedition über seinen Mittelfinger aufmachte, erstarrte Gerhard in der Bewegung.

Mit einer Mischung aus Abscheu und Verwunderung folgte sein Blick dem kleinen schwarzen

Körper, bis der den Fingernagel erreicht hatte und dort ganz selbstverständlich einen winzigen dunklen Punkt platzierte: *Fliegendreck*!

Mit einer panischen Bewegung schüttelte Gerhard die Fliege ab, während der Ekel ihm die Kehle zuzuschnüren drohte, und hielt dann den geschändeten Finger in Brusthöhe vor sich, als wäre er schwer verletzt worden. Sein Blick blieb starr auf den Fleck gerichtet, während er mit der sauberen Hand hinter sich griff und den Stuhl etwas anhob, damit er beim Zurückschieben keine Streifen auf dem Bodenbelag hinterließ.

Gerhard ging mit weit von sich gestrecktem Arm auf die Spüle zu, als ein Schatten über sein linkes Auge huschte und er fast im gleichen Moment ein Kitzeln auf seiner Stirn spürte. Die Fliege. Sie saß in seinem Gesicht. Wenn sie nun auch dort …

Gerhard stieß ein kurzes »Äähh« aus und schüttelte sich wie ein Hund, der gerade aus dem Wasser gekrochen kam. Das Insekt drehte eine Runde um seinen Kopf, flog eine saubere Acht vor ihm und landete auf dem Rand der Spüle. Dort verharrte es reglos, als warte es auf seinen Applaus.

Gerhard spürte, wie Wut in ihm aufstieg.

Nicht genug damit, dass diese Kreatur ihm auf den Finger geschissen hatte, sie brachte seinen minutiösen Zeitplan und damit den gesamten Tagesablauf durcheinander. Sie würde ihre Exkremente überall in seiner

Wohnung verteilen. Tage würde er brauchen, alles bis in die kleinste Ecke zu putzen. Allein der Gedanke an die kleinen Flecken … Er musste sie töten.

Als hätte sie ihr Todesurteil auf telepathischem Wege empfangen, startete die Fliege zu einem erneuten Kunstflug vor Gerhards Gesicht. Wie auf einer imaginären Achterbahn drehte sie Loopings, entfernte sich in Schlangenlinien von ihm, wendete und kam im Sturzflug auf sein Gesicht zu, um im letzten Moment abzudrehen und das Spiel von neuem zu beginnen.

Sie schien ihn zu verhöhnen, ihm mit ihren Flugfiguren zu sagen: *Versuch es nur, du wirst mich nicht erwischen. Gleich, wenn du aus dem Haus bist, werde ich hier mit meiner Arbeit beginnen und deine Wohnung in ein riesiges Fliegenklo verwandeln.*

Gerhards Magen krampfte sich bei dem Gedanken zusammen. Ekel und Wut mischten sich in ihm zu einem explosiven Cocktail.

Mit hektischen Bewegungen begann er, nach der Fliege zu schlagen, doch jedes Mal, wenn seine Hand wirkungslos durch die Luft fuhr, quittierte das Insekt es mit neuen Loopings, Sturzflügen und Scheinangriffen gegen sein Gesicht.

Immer stärker wurde die Wut in ihm, verdrängte seine sonst so klaren Gedanken, bis nur noch Platz für dieses eine Wort in seinem Kopf war: Töten!

Mit einer hastigen Bewegung griff er nach dem

frischen Geschirrtuch, das sauber an der Bügelfalte zusammengelegt über dem Griff des Backofens hing, und schlug damit nach dem Insekt. Ohne Erfolg. In einer schaukelnden Bahn steuerte die Fliege auf den Küchentisch zu und ließ sich auf dem Butterstück nieder. Ein roter Schleier schien sich über Gerhards Bewusstsein zu legen, als er auf den Tisch zulief und das Geschirrtuch mit aller Kraft niedersausen ließ.

Mit lautem Klirren kippte die Kaffeetasse um und ergoss ihren schwarzen Inhalt über den Tisch. Das Frühstücksbrettchen samt Messer fiel klappernd zu Boden, und die Fliege – drehte erneut ihre Runden.

Gerhard war außer sich. Schwer atmend sah er sich um, entdeckte sie im Gewürzregal, auf dem Deckel des süßen Paprikapulvers, machte einen schnellen Schritt nach vorne und schlug ein weiteres Mal zu.

Klirren und Scheppern, als die Hälfte der Dosen und Gläschen aus dem Regal gerissen wurden und sich auf dem Boden verteilten. Und die Fliege umkreiste ihn weiter, als beginne die Sache, ihr richtig Spaß zu machen.

»Ich kriege dich«, brüllte Gerhard und setzte ihr nach. Immer wieder sauste das Tuch durch die Luft, riss sauber aufgereihte Gegenstände von Schränken und Regalen. Bald sah der Küchenboden aus wie eine Müllkippe, und Gerhard schlug zu wie im Rausch, immer und immer wieder.

Plötzlich sah er die Fliege nicht mehr.

Reglos blieb er stehen, nur sein Brustkorb hob und senkte sich schnell. Hatte er sie endlich erwischt? Sein Blick tastete über Schränke, Ablagen und Wände. Nein! Da saß sie.

Ganz oben, neben einem Hängeschrank, hatte sie sich in die Ecke zwischen Decke und Wand gedrückt.

»Du hast Angst«, flüsterte er leise, und es hörte sich gefährlich an. »Du weißt, dass du gleich sterben wirst.«

Langsam, ganz langsam, zog er einen Stuhl heran und verschwendete keinen Gedanken an die Streifen auf dem Bodenbelag. Vorsichtig stellte er einen Fuß auf die Sitzfläche, verlagerte das Gewicht nach vorne und drückte seinen Körper hoch. Seine Augen waren wie das Visier eines Präzisionsgewehrs auf das Untier gerichtet. Als er auf dem Stuhl stand, den Kopf nur einen knappen Meter von der Fliege entfernt, verzog sich sein Mund zu einem hämischen Grinsen.

Jetzt! Jetzt erledige ich dich.

Weit holte er aus, konzentrierte sich. Und schlug dann mit aller Kraft zu. Bevor das Tuch auch nur in die Nähe der Fliege kam, war sie schon wieder unterwegs.

Gerhard wurde vom eigenen Schwung nach vorne gerissen, prallte mit der Stirn gegen den Hängeschrank und verlor das Gleichgewicht. Mit rudernden Armen kippte er zur Seite. Für den

Bruchteil einer Sekunde schien sein Körper skurril verkrümmt in der Luft zu schweben, dann knallte er mit der Schläfe gegen die Kante der Arbeitsplatte und fiel polternd zu Boden.

Als die Polizeibeamten zwei Tage später die Wohnung aufbrachen und Gerhards Leiche fanden, sahen sie sich verwundert in der verwüsteten Küche um.

»Sieht aus, als hätte hier ein schwerer Kampf stattgefunden«, stellte einer der Beamten sachlich fest. Sein Kollege zuckte mit den Schultern. »Fragt sich nur, mit *wem* er gekämpft hat.«

Niemand achtete auf die Fliege, die in kunstvollen Figuren Gerhards Kopf umkreiste.

Hochzeitstag

Das Schaufenster reflektierte die schräg einstrahlende Septembersonne so stark, dass Pia gar keine andere Wahl blieb. Sie musste in das Geschäft gehen, wollte sie mehr als nur undeutliche Schemen von dem roten Kleid sehen, das die dürre Schaufensterpuppe mit ihrem stolzen, fast schon überheblichen Plastiklächeln zur Schau stellte.

Seit einer Stunde schlenderte Pia durch die Fußgängerzone der Innenstadt, und immer wieder war sie dabei – zufällig – an diesem Geschäft vorbeigekommen.

Ich möchte es mir wirklich nur ansehen, beschwichtigte sie gleich die vorwurfsvolle Stimme in ihrem Inneren, während sie die wahrscheinlich teuerste Boutique in der ganzen Stadt betrat. Sie wurde dabei von einem sanften Gong angekündigt, der beim Durchschreiten des Eingangs ausgelöst worden war.

Kaum hatte sie die ersten Schritte in das Ladenlokal gemacht, wurde sie sofort umfangen von der edlen, geradezu elitären Atmosphäre. Sanfte Musik, eben so laut, dass sie sich zart von ihr gestreichelt fühlte, schien sie von allen Seiten gleichzeitig zu umgarnen. Die Designer-Kleidungsstücke waren phantasievoll um antike Möbelstücke drapiert oder hingen wie zufällig über den Lehnen hoher Stühle und Sessel.

Lächelnd schritt eine gepflegte Mittdreißigerin auf sie zu. Pia war fast versucht, auf dem Boden nachzusehen, ob dort vielleicht ein dünner Strich gezogen war, auf den die Dame beim Gehen ihre Füße setzte.

»Gnädige Frau, womit kann ich Ihnen dienen?«

Gnädige Frau? Wären noch andere Kundinnen in dem Geschäft gewesen, hätte Pia sich auf diese Anrede hin umgedreht, um zu sehen, wer wohl gemeint war. Sie, Zahnarzthelferin Pia Kurtz. Eine gnädige Frau. Das passte für sie nicht zusammen.

»Sie haben da dieses rote Kleid im Schaufenster …«

»Ginetto Galanti, aber natürlich. Dieses Kleid ist wie für Sie geschaffen. Darf ich Ihnen ein Glas Champagner und ein paar Erdbeeren anbieten, während ich die Garderobe für Sie herrichte?«

Noch während die Verkäuferin das sagte, kam eine junge, bildhübsche Frau mit einem Tablett auf Pia zu, auf dem ein halb gefülltes Champagnerglas und ein kleines Tellerchen mit einigen Erdbeeren standen. Wie ihre Kollegin schien sie auf dem gleichen unsichtbaren Strich zu schreiten. Glas und Teller wurden auf einem kleinen Tischchen direkt neben Pia abgestellt, dann entschwand die Schönheit wieder.

Etwas, von dem sie nicht wusste, was es war, kroch Pia langsam den Rücken hinunter und führte dazu, dass sich die kleinen Härchen aufrichteten, als der erste Schluck des kalten, prickelnden Getränkes wie ein Eisbach durch ihre Kehle rann. Am liebsten hätte Pia geschnurrt wie eine Katze, der man den Nacken krault. Als sie das Glas wieder abstellte, fühlte sie sich ertappt und sah die Verkäuferin verlegen an. »Also, das ist so: Ich wollte mir das Kleid eigentlich nur einmal ansehen. Mein Mann Gerd und ich, wir haben heute unseren zehnten Hochzeitstag wissen Sie, und da …«

»Ach, wie schön. Ein romantisches Fest der Liebe. Und Sie haben sich gedacht, Sie überraschen ihren Liebsten mit einem neuen Kleid, nicht wahr? Er wird sich gleich noch einmal unsterblich in Sie verlieben.«

Die Dame machte große Augen und faltete die Hände vor ihrem Kinn, als wolle sie beten, neigte den Kopf zur Seite und strahlte Pia an. »Ich möchte Ihnen ein Geheimnis über die Männer verraten. Wissen Sie, das Bild, das wir Frauen im Allgemeinen von ihnen haben, ist vollkommen verzerrt. Es heißt immer, sie sind oberflächlich und bemerken keine äußerlichen Veränderungen an uns.« Behutsam legte sie ihre Hand auf Pias rechten Oberarm. »Aber seien wir doch mal ehrlich – sind wir daran letztendlich nicht selbst schuld? Wir tauschen ein Kleid von der Stange gegen ein anderes von der Stange und erwarten, dass er es bemerkt? Wenn jemand eine Blechmünze gegen eine andere tauscht, die nur ein klein wenig anders schimmert, würde Ihnen das auffallen? Nein. Aber jetzt stellen Sie sich vor, es tauscht jemand diese Blechmünze gegen eine goldene mit einem Diamanten in der Mitte. Denken Sie, dass Sie das bemerken würden?«

Wenn die Dame tatsächlich eine Antwort erwartet hatte, ließ sie Pia keine Zeit dazu, denn sofort sprach sie weiter. »Natürlich würden Sie das bemerken. Und Sie wären demjenigen, der den Tausch vollzogen hat, obendrein noch sehr dankbar. Sehen Sie, mit einem Kleid ist es das Gleiche, gnädige Frau.«

Pia schloss die Haustür ganz leise hinter sich und huschte dann auf Zehenspitzen durch den Flur direkt ins Schlafzimmer. Dabei schlug sie sich die Ecke des Kartons mit dem Kleid darin gegen das Knie und hätte fast laut »Autsch« gerufen. Als sie die Tüte auf den Kleiderschrank gelegt und dann ganz nach hinten geschoben hatte, setzte sie sich auf die Bettkante und atmete durch. Gerd saß im Wohnzimmer und hatte sie nicht gehört.

Ihr Blick fiel auf die breite Leiste an der Oberkante des Schrankes, welche die Sicht auf den Karton versperrte.

Sie hatte sich ein neues Kleid gekauft und dafür mehr bezahlt, als sie in einem ganzen Monat verdiente. Wahnsinn. Sie hatte es von dem Konto bezahlt, das ihre Eltern ihr vor fünf Jahren zu ihrem dreißigsten Geburtstag geschenkt hatten. Bis heute hatte sie das Geld nicht gebraucht. Aber es war schließlich ihr zehnter Hochzeitstag, und diese Überraschung für Gerd war es ihr wert. Der würde Augen machen. Seine Pia in einem Kleid von Ginetto Galanti. Sie stellte sich sein Gesicht vor, wenn sie vor ihn treten würde.

Nur mühsam konnte Pia die fast euphorische Vorfreude verbergen, als sie das Wohnzimmer betrat und Gerd einen Kuss auf die Stirn gab, auf die Stelle, an der vor zwei Jahren noch Haare gewesen waren.

Er sah von seiner Zeitung auf. »Hallo, Schatz. Wo warst du denn so lange? Du weißt doch, dass ich für sieben Uhr einen Tisch im Rosengarten für uns reserviert habe.« Er sah demonstrativ auf seine Armbanduhr. »Noch eine Stunde. Schaffst du das?« Sie strahlte ihn an. »Aber sicher, Liebling. Ich werde mich doch nicht verspäten, wenn mein Mann mich in dieses tolle Restaurant ausführt. Ich gehe gleich ins Bad.«

Sie stand vor dem Spiegel, der auf der mittleren Tür des Schlafzimmerschrankes angebracht war, und hatte feuchte Augen vor Verzückung. Sie konnte sich nicht erinnern, wann sie zum letzten Mal so gut ausgesehen hatte. Das schulterlange braune Haar hatte sie kunstvoll hochgesteckt, so dass die goldenen Ohrringe, ein Hochzeitsgeschenk von Gerd, besonders gut zur Geltung kamen. Entgegen ihrer sonstigen Gewohnheit hatte sie sogar etwas Rouge aufgetragen. Und dann dieses Kleid. Dieser Traum von einem Kleid. Gerade so weit ausgeschnitten, dass man den Ansatz ihres vollen Busens sehen konnte. Der Stoff legte sich um ihren Körper wie eine zweite Haut, und die dünnen Träger spürte sie kaum auf den nackten Schultern. Es war ihr unbegreiflich, wie der Designer es geschafft hatte, aber in diesem Wunder aus Stoff hatte sie eine Taille wie ein Fotomodell.

Nach einem letzten Blick nahm sie ihre kleine schwarze Handtasche und schritt dann aus dem Schlafzimmer wie eine Braut, die zum Traualtar geführt wird.

Vor der Wohnzimmertür atmete sie noch einmal tief durch, dann trat sie ein und bemühte sich, den würdevollen Gesichtsausdruck aufzusetzen, der diesem Kleid gerecht wurde.

Gerd stand gleich auf und sah dabei wieder auf die Uhr. »Ah, da bist du ja, und du bist sogar zeitig fertig geworden. Dann lass uns gehen. Wird bestimmt ein schöner Abend.« Pia blieb einfach im Türrahmen stehen und versperrte ihm den Weg nach draußen. Immer noch sah sie ihn mit einem würdevollen Lächeln an. Jetzt! Jetzt würde er die Augen aufreißen.

Gerd blieb vor ihr stehen und betrachtete sie verwundert. Als sie sich nicht regte, schüttelte er grinsend den Kopf. »Ich verstehe. Du möchtest Wegzoll haben, damit du mich durchlässt.« Er beugte sich nach vorne und gab ihr einen Kuss auf den Mund. Dann blickte er sie erwartungsvoll an. Als sie sich immer noch nicht regte, sondern lediglich das Lächeln langsam aus ihrem Gesicht wich, wurde sein Blick fragend. »Was ist denn? Warum bleibst du hier wie angewurzelt stehen? Schatz, wir müssen wirklich los.«

Er wollte an ihr vorbeigehen, aber Pia bewegte sich noch immer keinen Millimeter vom Fleck, sondern sah ihn nur stumm an, nun jedoch deutlich ernster. Gerd verschränkte die Arme vor der Brust und schüttelte den Kopf. »Pia, ich weiß nicht, welches Spiel wir gerade spielen, aber wenn es heißt ›Wetten, dass wir zu spät kommen‹, hast du wirklich gute Chancen zu gewinnen. Was ist denn los?«

»Was fällt dir an mir auf, Gerd?« Ihre Stimme war leise, fast flüsternd. Er machte einen Schritt zurück, betrachtete sie von oben bis unten und sagte dann: »Du siehst gut aus wie immer, mein Schatz. Aber können wir jetzt bitte gehen?«

Wie immer? Ihre Augen füllten sich mit Tränen. »Fällt dir sonst nichts auf?«

»Herrgott nochmal, Pia! Sag mir doch einfach, was du hören möchtest. Aber hör bitte auf mit dieser Erwachsenenversion von ›Ich sehe was, was du nicht siehst.‹ Also, noch einmal: Was ist los?«

Die Tränen hinterließen eine salzig-feuchte, kitzelnde Spur auf den Wangen, als sie ihr in den Ausschnitt tropften.

»Ich war heute den halben Tag in der Stadt unterwegs, um mir ein schönes Kleid für diesen Abend zu kaufen. Am Ende bin ich in einer unglaublich teuren Boutique gelandet und habe mir das, was du hier siehst, oder besser, was du *nicht* siehst, für einen astronomisch hohen Preis gekauft, weil die Verkäuferin meinte, es würde dich geradezu umwerfen. Und du, du stehst vor mir, und es fällt dir rein gar nichts auf. Ich hätte mir, wahrscheinlich eine Kühltasche auf den Kopf setzen können, und du hättest es nicht bemerkt. Ich bin enttäuscht, Gerd. Einfach nur unheimlich enttäuscht.«

Sie machte auf dem Absatz kehrt und rannte ins Schlafzimmer, wo die Tür hinter ihr mit einem lauten Knall ins Schloss fiel.

Gerd fasste sich an die Stirn und rief ihr nach: »Aber Pia, jetzt warte doch. Du siehst das völlig falsch.«

Pia lag auf dem Bett und starrte an die Decke. Natürlich, sie sah alles falsch. Dieser Ignorant.

Die Schlafzimmertür öffnete sich, und Gerd streckte vorsichtig den Kopf herein. Er verharrte einige Sekunden lang an der Tür, als wolle er sich erst ein Bild vom Ernst der Lage machen. Dann kam er ins Zimmer, setzte sich neben Pia und streichelte ihr über den Kopf.

»Es tut mir leid, Pia, dass ich nicht gleich etwas gesagt habe. Natürlich habe ich das neue Kleid bemerkt. Das muss man doch sofort sehen, so toll ist es. Genauso wie ich gesehen habe, dass du heute Abend Rouge trägst. Und die Ohrringe, die ich dir zur Hochzeit geschenkt habe. Mir entgeht keine Veränderung an dir, und sei sie noch so klein. Ich wollte dich doch nur ein wenig auf die Folter spannen. Ich konnte doch nicht ahnen, dass du so schnell aufgibst …«

Langsam hob sie den Kopf. »Das hast du alles bemerkt? Ehrlich?« Er nickte lächelnd. Mit einem Ruck richtete sie sich auf und warf sich in seine Arme.

»O Liebling, es tut mir leid. Ich war nur so enttäuscht.«

»Schon vergessen. Aber jetzt lass uns gehen. Schließlich sollen alle sehen, wie toll meine Frau aussieht.«

Mit dem Handrücken wischte sie sich die Tränen weg und lächelte. »Ich muss mich nur schnell wieder etwas zurechtmachen. Nur fünf Minuten, ja?«

»Natürlich. Aber beeil dich bitte.« Gerd stand auf und ging aus dem Schlafzimmer.

Pia hätte sich selbst ohrfeigen können für ihre Ungeduld. Sie hatte ihm wirklich kaum eine Chance gelassen, etwas zu sagen. Sie hatte ja gleich weglaufen müssen, als er nicht innerhalb einer Sekunde ein Loblied auf ihr Aussehen angestimmt hatte. Aber nun war alles gut.

Sie stand auf, und im gleichen Moment fiel etwas zu Boden. Ihr Ohrring. Als sie sich bückte, um ihn aufzuheben, gab es ein ratschendes Geräusch. Ihr war sofort klar, was das zu bedeuten hatte. Das neue, sündhaft teure Kleid war gerissen.

»So ein Mist«, entfuhr es ihr.

Nachdem sie sich den Schaden im Spiegel angesehen und festgestellt hatte, dass ein riesiger Spalt in der Rückennaht klaffte, durch den man die Haut sehen konnte, überlegte sie fieberhaft, was sie tun sollte. Das Kleid konnte sie am nächsten Tag zurückbringen. Die würden das – hoffentlich – in Ordnung bringen können. Wenn sie aber nun nicht bald fertig war, würde Gerd sauer sein, und ihr Hochzeitstag wäre wirklich gelaufen.

Schnell stieg sie aus dem Kleid und warf es auf das Bett. Der knallrote Stoff sah auf der weißen Bettwäsche aus wie ein großer Blutfleck. Aus dem Schrank nahm sie ihr schon älteres, aber ganz nettes dunkelblaues Kleid und streifte es über. Sie stand gerade vor dem Spiegel und zog es an den Hüften zurecht, als die Tür sich öffnete und Gerd lächelnd das Schlafzimmer betrat.

Vor sich trug er feierlich eine dünne Goldkette mit einem kleinen goldenen Herzen daran. Er trat von hinten an sie heran und legte ihr die Kette um den Hals. Als der Verschluss eingerastet war, drehte er sie an den Schultern zu sich um und trat einen Schritt zurück.

Stolz betrachtete er Pia mehrmals von oben bis unten.

»Mein Geschenk zum Hochzeitstag, mein Schatz! Und ich muss sagen, die Kette passt zu diesem wundervollen neuen Kleid, als wäre sie eigens dafür gemacht worden.«

Der Nachtmaler

Es war kurz nach Mitternacht, als der Maler sich auf den Weg machte.

Den ganzen Tag hatte er die Inspiration gespürt wie ein Ziehen, das alle Gedanken von ihm fernhielt und seinen Geist in einen reinen Zustand der Kreativität versetzte.

Alltägliche Dinge waren in den Hintergrund getreten. Er hatte nicht an Essen gedacht und nicht an Trinken, hatte nur dagesessen und geduldig auf die Dunkelheit gewartet.

Er war bereit für ein neues Meisterwerk.

Der Maler arbeitete nur nachts. Wenn die düstere Atmosphäre spärlich beleuchteter Gassen sich auf ihn legte, war sie die Muse, die ihn mit blassen Lippen küsste.

Es war, als hülle die Dunkelheit seine Hand, die den Pinsel führte, in ein samtenes Tuch. Es dämpfte den Druck, mit dem die Farbe aufgetragen wurde.

Einzigartige Gemälde entstanden so. Wahre Kunstwerke.

Er war ein vielbeachteter Maler.

Kaum eine Zeitung berichtete nicht über seine Kunst.

Nach langen Jahren, in denen er mit seinen *herkömmlichen* Bildern vergeblich um Beachtung gebettelt hatte, in denen er nur belächelt wurde und verhöhnt, war die Welt endlich auf ihn aufmerksam geworden.

Nachtmaler nannten sie ihn. Ein Name, so einzigartig wie seine Kunst.

Ein Lächeln umspielte seine Lippen, als er am Ende einer Sackgasse den Holzkoffer mit seinen Utensilien abstellte. Es war das Lächeln eines Wissenden, der im Begriff war, mit einer Geste der Großzügigkeit ein kleines Stück seiner Genialität zu offenbaren.

Prüfend sah er sich um, betrachtete das nur schemenhaft erkennbare, unbewohnte Gebäude hinter ihm. Ein guter Platz. Er arbeitete nie zweimal an der gleichen Stelle. Das würde seinen Werken die Einzigartigkeit nehmen.

Vorsichtig öffnete er den Deckel, nahm ein Tuch heraus und legte es auf die Straße. Mit größter Sorgfalt richtete er die Farbtuben am oberen Rand des Stoffes nebeneinander aus. Die Pinsel in verschiedenen Stärken legte er darunter.

Dann wartete er. Es konnte lange dauern.

Manchmal wartete er vergebens und ging im Morgengrauen unverrichteter Dinge wieder nach Hause. Aber so war es eben mit der Kunst, sie ließ sich nicht erzwingen.

In dieser Nacht hatte er Erfolg. Als ein gleichmäßiges *Klack, Klack, Klack* die Stille durchbrach, verließ er den Platz, der für diese Nacht sein Atelier sein sollte. Er folgte dem Geräusch, ließ sich von ihm leiten, bis er ihre Gestalt vor sich sah, ein dunkler Schemen, der sich kaum von der Umgebung abhob. Sein Herz machte einen Sprung.

Da war sie. Der Maler hatte sein Objekt gefunden.

Sie konnte seinem Angebot nicht widerstehen, und kurze Zeit später begann er zu malen.

Gegen fünf Uhr morgens schlief er in seinem Bett mit der Gewissheit ein, wieder etwas Einmaliges geschaffen zu haben.

Am übernächsten Tag stand es in der Zeitung.

Der Nachtmaler hat wieder zugeschlagen!

Am gestrigen Morgen ist die Leiche einer weiteren jungen Frau gefunden worden. Wie in den anderen Fällen der letzten Wochen war ihr nackter Körper komplett mit Ölfarbe bemalt …

Mach's gut, Edda

Ich stehe an ihrem Grab und betrachte den schlichten Stein, der wie ein stolzer Soldat in seiner einfachen, aber auf Hochglanz polierten Uniform in der frisch aufgeworfenen Erde steht. Er ist noch neu, noch nicht von der Witterung gezeichnet wie seine Artgenossen auf den umliegenden Gräbern.

Die Beerdigung war vor zehn Tagen. Ich bin ein paar Tage zu spät gekommen.

Edwina Weiss steht da in nüchterner Grabsteinschrift, darunter das Geburtsdatum und der Todestag. Sonst nichts.

Edwina … Wie konnten sie dir das nur antun?

Der eisige Wind drückt sich unter meinen hochgeschlagenen Mantelkragen. Er lässt mich frösteln, und ich versuche, den Stoff noch dichter an meinen Nacken zu drücken. Ob ihr jetzt auch kalt ist? Die helle Wolke meines Lachens verliert sich schnell über den frischen Blumen im Nichts.

Nein, dir ist bestimmt nicht kalt. Nicht meiner Edda. Mach's gut, Edda, egal, wo und bei wem du jetzt bist. Ich bin mir ganz sicher, sie werden ihren Spaß mit dir haben. Es war mir eine Ehre, dich gekannt zu haben.

Ich wende mich von ihrem Grab ab und gehe den schmalen Kiesweg zurück zu meinem Wagen. Obwohl es im Inneren nur unwesentlich wärmer ist, lasse ich den Motor noch aus. Ein wenig möchte ich die Stille auf mich wirken lassen, hier, in ihrer Nähe.

Die Windschutzscheibe beschlägt an den Rändern. Der noch freie Teil erlaubt mir einen Blick auf die Straße, die zu beiden Seiten von kahlen Bäumen gesäumt wird. Die Äste sind bedeckt mit einer dünnen weißen Schicht aus Eiskristallen. Nur an einigen wenigen Stellen haben sie sich von der kalten Haut befreit. Wie mit einem tiefen Atemzug haben sie sie platzen und von sich abfallen lassen.

Bald kommt der Frühling. Im Sommer vereinen sich die Blätter über der Straßenmitte zu einem grünen Dach, das die Straße überspannt wie ein endlos langer Baldachin.

Ich denke an Edda. An meine erste Begegnung mit ihr.

Ich saß auf dem Balkon meiner Dreizimmerwohnung unter dem Sonnenschirm und freute mich auf mein neues Buch. Es versprach, ein perfekter ruhiger Sonntag zu werden.

Gerade hatte ich die Beine hochgelegt und wollte den Roman aufschlagen, als das Telefon läutete. Zum Glück hatte ich es mit auf den Balkon genommen, so dass ich nicht wieder aufstehen musste. »Arndt Schneider.«

»Arndt Schneider? Sie kenne ich ja noch gar nicht.« Die Stimme gehörte zweifellos einer älteren Frau, auch wenn sie noch sehr fest und bestimmt klang. Ich musste lachen.

»Nun, dann werden Sie mir sicher die Frage erlauben, warum Sie mich anrufen. Mit wem spreche ich überhaupt?«

Ich hörte ein deutliches Schnauben. »Junger Mann, ich kann Sie im Moment nicht sehen, Ihnen also auch nicht definitiv sagen, mit wem Sie sprechen. Wenn Sie aber wissen möchten, wer ich bin und sich lediglich nicht richtig ausdrücken können, will ich Ihnen gerne weiterhelfen. Ich bin Edda Weiss.«

Es dauerte eine Weile, bis mein Verstand verarbeitet hatte, was sie da gerade gesagt hatte, und es verlangte mir einige Beherrschung ab, nicht laut in den Hörer zu lachen. »Also gut, Frau Weiss, dann sagen Sie mir doch bitte: Mit wem wollten Sie denn reden?«

»Das ist eine komische Frage. Mit der Susanna natürlich. Warum sollte ich sonst wohl ihre Nummer wählen?«

Ich lehnte mich in die Polster zurück und schüttelte den Kopf. »Aber Frau Weiss, hier gibt es keine Susanna. Sie müssen sich verwählt haben.«

»Papperlapapp, verwählt. Dass ihr jungen Leute immer Alter mit Senilität gleichsetzt. Ich rufe Susanna jede Woche einmal an, immer am Sonntag, immer unter der gleichen Nummer. Und heute gehen Sie ans Telefon. Ich hoffe, Sie haben dafür eine plausible Erklärung.«

Ich hielt den Telefonhörer lautlos lachend ein Stück von mir weg, bis ich schließlich glaubte, meiner Stimme wieder einen halbwegs ernsthaften Klang geben zu können. »Nun hören Sie, es gibt hier wirklich keine Susanna. Ich schlage vor, Sie legen jetzt auf und wählen einfach noch mal neu. Sie werden sehen, dann wird sich bestimmt Ihre Susanna melden. Ist das eine Idee?«

Nachdenkliches Schweigen. Dann: »Und Sie gehen Susanna in der Zwischenzeit rufen?«

»Nein, das tue ich gewiss nicht, weil es hier keine Susanna gibt.« Hatte sich da ein leicht aggressiver Unterton in meine Stimme eingeschlichen?

»Und Sie sind auch nicht zufällig ihr neuer Freund?«

Das reichte. »Nein, ich bin auch nicht ihr neuer Freund. Ich lebe hier absolut und vollkommen allein. Hier gibt es keine Birgit, keine Gabi und am allerwenigsten eine Susanna, tut mir leid. Ich wünsche Ihnen noch einen schönen Sonntag.« Schnell drückte ich den roten Knopf, um das Gespräch damit zu beenden. Den Telefonhörer behielt ich in der Hand, denn ich rechnete damit, dass ich nach einigen Sekunden wieder einen Anruf bekommen würde. Als sich aber nach etwa zwei Minuten noch nichts getan hatte, legte ich das Gerät zurück auf den Tisch. Sie hatte sich also tatsächlich verwählt.

Ich schlug mein Buch auf und begann darin zu lesen, oder besser, ich versuchte, darin zu lesen, denn es wollte mir einfach nicht gelingen, mich auf den Sinn der Zeilen zu konzentrieren. Immer wieder musste ich an Edda Weiss denken und schmunzeln. Schließlich gab ich auf, legte das Buch zur Seite und schloss die Augen.

Ich weiß nicht, wie lange ich so dagelegen und die leichte Brise genossen hatte, die in unregelmäßigen Abständen sanft mit meinen Haaren spielte, als mich die Türklingel hochschrecken ließ. Das sollte ein ruhiger Sonntag sein? Unwillig zog ich mich aus dem Gartenstuhl, ging durch den kurzen Flur ins Treppenhaus und nach unten. Als ich die Tür öffnete, stand eine Frau mit schulterlangen weißen Haaren vor mir. Sie war einen Kopf kleiner als ich, schlank und trug ein einfach geschnittenes beigefarbenes Kleid mit aufgesetzten Taschen.

Ohne bewusst darüber nachzudenken, sagte ich: »Frau Edda Weiss?«, woraufhin sie mich anlächelte und eifrig nickte. »Jawohl, die bin ich. Und Sie sind der nette junge Mann, mit dem ich mich eben unterhalten habe, stimmt's?«

»Der bin ich, und ich …« Mit einer Handbewegung wischte sie meine Entgegnung beiseite und hielt mir dann mit der anderen Hand eine weiße Tüte vors Gesicht. »Hier drin sind feine Streuselteilchen. Wenn Sie uns eine Tasse Kaffee machen, teile ich sie mit Ihnen.«

Ich muss sie wohl ziemlich dümmlich angesehen haben, denn sie lachte wieder. »Hören Sie, es gibt keinen Grund, an Ihrem oder meinem Verstand zu zweifeln. Ich mache das jeden Sonntag. Ich nehme mir das Telefonbuch und suche mir jemanden heraus, der in meiner Nähe wohnt. Dann rufe ich dort an. Meistens sind die Leute nicht sehr freundlich, aber manchmal habe ich Glück und finde jemanden, der so nett ist wie Sie. Den besuche ich dann. Wissen Sie, die meisten Menschen in meinem Alter sind sehr einsam. Ich nicht, ich habe viele Freunde. Und vielleicht habe ich heute einen neuen dazugewonnen.«

Mir wird bewusst, dass die Frontscheibe mittlerweile komplett beschlagen ist. Ich muss noch einmal über Edda lachen. Damals vor vier Jahren habe ich sie mit nach oben genommen und uns Kaffee gekocht. Wir haben fast den ganzen Sonntag auf dem Balkon verbracht und danach noch viele Sonntage mehr. Sie konnte wunderbar erzählen, und ich hörte ihr gerne stundenlang zu. Sie hatte eine Art, das Leben zu genießen, die ich sehr bewunderte.

Sie war so – jugendlich.

Ich drehe die Seitenscheibe herunter und blicke noch einmal in die Richtung, in der ihr Grab liegt.

Mach's gut, Edda. Und – grüß mir die Susanna!

Die Gefährlichkeit der Dinge

Ich sitze in der Ecke auf dem Fußboden und lasse meinen Blick zum tausendsten Mal durch den kleinen Raum schweifen. Das Bett an der gegenüberliegenden Wand lacht mich mit einem überheblichen Blitzen seines Chromgestells aus. Die Bettwäsche darauf verhöhnt mich geradezu mit ihrer ekelhaften weißen Sterilität – aufgesetzte Maske für einen Moloch aus Fäulnis und Verderben. Sie weiß, dass es mir unmöglich ist, mich auf sie zu legen und ihren weißen, modrigen Geruch einzuatmen.

Ihr denkt, ich sei verrückt? Ja, vielleicht.

Zumindest aus eurer – verzeiht mir den Frevel – verstümmelten Sicht der Dinge. Aber ihr seid in der Überzahl und nehmt euch deshalb das Recht heraus, recht zu haben. Ihr macht mich zu einem Außenseiter, einem Freak, weil ich anders bin. Schon viele Jahre lang.

Als kleines Kind war ich noch ebenso oberflächlich wie ihr, habe auch nichts wahrgenommen von der Gefährlichkeit der Dinge, die uns umgeben. Bis zu jenem Tag, der meine Sinne geschärft und mir die Augen geöffnet hat.

Ha! Wenn ich daran denke, wie sehr meine Mutter sich damals aufgeregt hat, als die Männer mich, ihren zwölfjährigen, ach so beschützten Liebling, nach drei Tagen aus der unterirdischen Höhle zogen, die ich im Wald gefunden hatte.

Der Eingang war eingestürzt und verschüttet worden, als ich gerade auf allen vieren bis zu der tiefsten Stelle vorgedrungen war. Nur ein kleines Loch war freigeblieben, zu klein, um hindurchzukriechen. Drei Tage und zwei lange Nächte habe ich in dem Erdloch gesessen.

Am ersten Tag habe ich mir noch die Seele aus dem Leib geschrien, bis aus meiner wunden Kehle nur noch heiseres Krächzen kam. Habe geweint aus Verzweiflung und schlotternder, erbärmlicher Angst. Noch heute sind meine Fingerkuppen taub, wo ich mir die Haut zerfetzt habe bei den Versuchen, den Eingang freizukratzen.

Wusstet ihr, dass Fingerknochen nicht gelb sind, wie man es vom Skelett in der Schule her kennt, sondern weiß wie Schnee?

Dann war die Nacht gekommen, und die Dunkelheit brachte die Kälte mit. Und diese unheimlichen Geräusche. In der hintersten Ecke habe ich mich gegen das feuchte braune Erdreich gedrückt und gezittert vor Kälte und vor Angst.

Irgendwann jedoch, nach einer endlos scheinenden Zeit, erkannte ich plötzlich die Dinge, wie sie wirklich sind. Vielleicht als Resultat der ungewöhnlichen Situation steigerte sich meine Wahrnehmungsfähigkeit in einem Maße, wie es bestimmt nur ganz wenigen Menschen vergönnt ist. Mit einem Schlag offenbarte sich mir meine Umgebung in ihrer wahren Gestalt. Diese Erkenntnis ließ mich ruhig werden. Es konnte mir nichts mehr geschehen, denn ich sah nun die Gefährlichkeit der Dinge und konnte ihnen ausweichen.

Ich habe ganz ruhig dagesessen, habe gewartet und nichts mehr angefasst mit den weißen Knochen meiner Finger. Umgeben von Erde und Steinen habe ich diesen drohenden Geruch eingeatmet, den jeder einzelne Erdkrümel als Warnung aussendet. Mit einem Mal hörte ich die graue Farbe der Steine ganz deutlich sagen: »Fass mich besser nicht an.« Und ich habe auch diese Warnung verstanden und sie beherzigt.

Seit diesem Moment erlebe ich die Welt nicht mehr nur, wie ihr sie mit euren beschränkten Sinnen wahrnehmt, sondern so, wie sie wirklich ist.

Ihr Ignoranten. Am Anfang dachte ich noch, ich muss euch darüber aufklären, dass die gefährlichen Dinge uns warnen. Mit wahrer Engelsgeduld habe ich versucht, meiner Mutter klarzumachen, dass ich keine Milch trinken kann, weil ich dann die Fäulnis in meinen Körper lasse. Habe meinen Vater vergeblich davor gewarnt, sich auf den dunkelbraunen Ledersessel im Wohnzimmer zu setzen, der von einer fremdartigen, bedrohlichen Aura umgeben war. Ich habe alle immer wieder gewarnt.

Zum Dank haben meine lieben Eltern mich von einem Arzt zum nächsten geschleppt, wollten, dass mir meine Fähigkeit wieder weggenommen wurde. Aber irgendwann haben sie es schließlich aufgegeben.

Ich habe die Zeichen für mich beachtet und so mein Leben gelebt im Einklang mit den gefährlichen Dingen um mich herum. Ihr alle habt es mir schwer gemacht, wann immer ihr konntet. Habt über mich gelacht und mich verhöhnt, wenn ich keinen ungeteerten Weg betreten wollte und keinen Fuß auf Kopfsteinpflaster setzte. Wenn ich keine Holzmöbel angefasst habe, weil sie mich anknurrten in einer Frequenz, für die eure Ohren nicht empfänglich sind. Aber ich hatte recht, die ganze Zeit. Und jetzt, wo ihr das erkennt, habt ihr mich aus dem Verkehr gezogen und wieder die Ärzte gerufen. Ist es nicht so?

Habe ich etwa nicht dem Mann gesagt, er solle die Straße *neben* dem Zebrastreifen überqueren, weil die weißen Balken gefährlich sind? Habe ich ihn nicht zweimal festgehalten, als er nicht hören wollte? Und erst, als er nach mir geschlagen hat, habe ich ihm einen Stoß gegeben und ihm gesagt, dann solle er eben gehen, wenn er nicht auf die Zeichen hören wolle.

Der Lkw hat nicht viel von ihm übrig gelassen, und sein Blut hat sich vermischt mit dem faulen Weiß auf der Straße.

Nun habt ihr mich eingesperrt, weil ihr endlich erkannt habt, dass ich als Einziger um die Gefährlichkeit der Dinge weiß, und ihr deshalb Angst vor mir habt. Aber ich beschwere mich nicht. Ich bleibe einfach hier sitzen, fasse nichts an und warte.

Wenn nur die weiße Bettwäsche nicht wäre. Sie ist wirklich gefährlich.

Manu

Irmgard lehnte sich zurück und streckte die Beine aus.

Fast augenblicklich kam sie zur Ruhe, richtete den Blick nach innen und ließ vor ihrem geistigen Auge die Ereignisse des Tages noch einmal Revue passieren.

Diese *Tagesendverarbeitung*, wie sie es insgeheim nannte, die ihre Gedanken wie ein feinporiger Filter befreite von Kreditanträgen, Termingeldern, Überweisungsträgern und schimpfenden Kunden, war für sie zu einem Ritual geworden, seit sie in diesen zwei Welten lebte, die unterschiedlicher nicht sein konnten.

Wenn sie nach diesem Ritual die Filiale durch die gläserne Tür verließ, durchschritt sie zugleich ein symbolisches, kleines Tor; winzige Öffnung in der Chinesischen Mauer zwischen der Welt von Irmgard Kindel und der von Manu.

Ihr Blick folgte dem Filialleiter, der gerade die Schalterhalle abgeschlossen hatte und nun pfeifend an ihrem Schreibtisch vorbeischlenderte.

Was würden ihre ausschließlich männlichen Kollegen denken, wenn sie von Manu wüssten? Wenn sie einmal die Verwandlung beobachten könnten, diese Verpuppung, wenn aus der kleinen, unscheinbaren Bankraupe Irmgard plötzlich der Schmetterling Manu wurde? Wie würden sie sie ansehen, wenn sie das schicke, dezente Kostüm abstreifte wie ein zu enges Korsett und dann hineinschlüpfte in die Kleidung, die so anders war, so befreiend. Diese ganz spezielle Kleidung von Manu.

Sie musste innerlich lachen, als sie sich das Gesicht ihres Chefs vorstellte, wenn er Manus Raum sehen könnte, das Zimmer, das sie sich im Keller eingerichtet hatte mit all den Gerätschaften, die sie für ihre Arbeit brauchte. Für ihre Leidenschaft.

Ihre Gedanken machten einen Sprung zu Klaus, einem der ganz wenigen Menschen, die sowohl Irmgard als auch Manu kannten. Es war nicht zu umgehen gewesen, dass er von ihren beiden Leben wusste. Schließlich war Klaus ihr Manager, der sich für einen zugegebenermaßen horrenden Prozentsatz ihrer Einkünfte um Kunden für sie kümmerte.

An diesem Abend würde sie auch wieder Besuch bekommen von jemandem, den Klaus akquiriert hatte. Benno Diemeier hieß er. Ein steinreicher Bauunternehmer, dem man das gar nicht zutrauen würde, hatte Klaus ihr erzählt.

Sie war gespannt.

Mit einem kurzen Kopfschütteln kehrten ihre Gedanken zurück in den sauberen, dezent möblierten Schalterraum. Sie schloss ihren Schreibtisch ab und verließ dann die Bank.

Wie so oft wurden auf dem zehnminütigen Fußweg nach Hause ihre Schritte immer schneller, je näher sie ihrem Ziel kam. Wie so oft wurde sie von einer inneren Unruhe gepackt, konnte es gar nicht mehr erwarten …

Zwei Wochen später

Der große Raum war erfüllt vom leisen Gemurmel der gut gekleideten Frauen und Männer. In kleinen Grüppchen standen sie vor den Plastiken und diskutierten über deren Bedeutung und über die bewundernswerte, geheimnisvolle Künstlerin.

Irgendwann erhob Benno Diemeier die Stimme und bat um Ruhe. Er sei hoch erfreut, erklärte er, diese Ausstellung nun eröffnen zu dürfen. Wie man ja wisse, wolle die begnadete Künstlerin inkognito bleiben, aber er könne verraten, dass sie an diesem Abend unter ihnen weile.

Während neues Gemurmel entstand und die Gäste sich gegenseitig fragend ansahen, verließ Irmgard den Raum und machte sich zufrieden auf den Heimweg.

Zu Hause angekommen zog sie den weiten, schmutzigen Arbeitsanzug an.

Dann ging Manu in ihre Werkstatt, um ihrer neuen Skulptur mit dem Schweißgerät den letzten Schliff zu geben.

Reich

Paul versuchte zum hundertsten Mal, eine bequeme Kuschelposition zu finden, doch es wollte ihm an diesem Abend einfach nicht gelingen. Selbst als er den rechten Arm schräg unter das Kopfkissen steckte, so dass er mit den Fingern über das glatte, warme Holz des Bettrahmens streichen konnte, stellte sich das wohlige Gefühl der Geborgenheit nicht ein. Das wenige schummrige Licht, das die Straßenlaterne wie Rinnsale durch die schmalen Ritzen des geschlossenen Fensterladens in sein Zimmer drückte, malte schemenhafte Muster auf den Kleiderschrank. Er hatte auf der Schranktür schon Dinosaurier entdeckt und Teufelsfratzen, einen Elefantenkopf mit riesigem Rüssel und einen Cowboystiefel mit Sporen.

Heute jedoch konnte er kein Bild finden, so sehr er sich auch bemühte. Nur ein Durcheinander aus hellen und dunklen Flächen.

Paul seufzte. Ob es mit dem Schatz zusammenhing, den er unter seinem Bett in der gelben Schachtel versteckt hatte? Bestimmt lag es daran. Alles war plötzlich anders geworden, seit er ihn an diesem Nachmittag gefunden hatte. Er drehte sich auf die andere Seite, weg von dem Schrank, der ihm an diesem Abend nichts zu bieten hatte, und begann, die hellen Ritzen des Fensterladens zu zählen. Schon bei dreizehn oder vierzehn wusste er nicht mehr, welchen der Lichtschlitze er bereits abgezählt hatte, und begann noch mal von vorne. Dieses Mal kam er bis zwanzig, dann drängte sich das Erlebnis des Nachmittags wieder nach vorne und spulte sich wie ein Film vor ihm ab …

Paul war unterwegs zu Jens, der drei Straßen weiter wohnte. Angestrengt richtete er den Blick nach unten, um nur ja auf keine der bemoosten Fugen zwischen den Steinplatten des Bürgersteigs zu treten. Einmal hatte er es schon auf dem ganzen Weg zu Jens geschafft. Nun versuchte er es mit erhöhtem Schwierigkeitsgrad. Nicht nur die Fugen, sondern auch die weißen Flecken der plattgetretenen Kaugummis durfte er nicht berühren. Dazu musste er hochkonzentriert einen tänzelnden Zickzackkurs einschlagen, denn die Flecken waren fast überall. Plötzlich wurde er durch einen weichen Aufprall jäh gestoppt. Erschrocken hob Paul den Kopf und blickte in ein unglaublich faltiges Gesicht. Die Frau war nicht viel größer als er selbst. Einzelne Strähnen ihres glatten weißen Haares schienen wie die Arme eines Kraken auf ihren Wangen zu kleben.

Paul spürte deutlich das Kribbeln um die Nase, ein sicheres Zeichen, dass er rot wurde. »Entschuldigung, tut mir leid«, stammelte er und wollte sich an der Frau vorbeidrücken.

»Aber das macht doch nichts, mein Junge«, antwortete sie mit einer sehr weichen, freundlichen Stimme, die ihn in der Bewegung stocken ließ. »Weißt du, es tut gut, ab und zu von einem jungen Menschen registriert zu werden. Besonders, wenn er so höflich ist wie du.«

Mit einem Lächeln nickte sie ihm zu und wandte sich dann ab.

Paul blieb noch einige Sekunden wie angewurzelt stehen und sah dem etwas gebeugten Rücken nach. Eine sehr nette Frau. Plötzlich durchzuckte ihn heiß die Erkenntnis, dass er nicht darauf geachtet hatte, wo seine Füße gerade standen. Konnte gut sein, dass er sich nun alles vermasselt hatte und auf einem Kaugummi oder einer Fuge stand. Ein schneller Blick zeigte ihm, dass tatsächlich unter der Spitze seines rechten Fußes ein flacher weißer Halbmond hervorlugte. So ein Mist.

Er wollte schon verärgert weitergehen, als er etwa einen Meter vor sich die kleine braune Mappe entdeckte. Er hob sie vom Boden auf und drehte sie nach allen Seiten. Es schien eine Brieftasche zu sein. Die

Erkenntnis jagte ihm einen heißen Schauer durch den Körper. So oft hatte er sich schon vorgestellt, wie toll es wäre, einmal etwas wirklich Wertvolles auf der Straße zu finden.

Mit einem schnellen Blick nach allen Seiten überzeugte er sich davon, dass niemand ihn beobachtete, dann verschwand die Mappe in der Gesäßtasche seiner Jeans, und er ging betont langsam weiter. Niemand sollte auf den Gedanken kommen, er würde weglaufen. Ob wirklich Geld in der Mappe war? Vielleicht sogar viel Geld?

Ein Mann kam ihm entgegen und sah ihm im Vorbeigehen kurz in die Augen. War das nicht der typische Blick eines Erwachsenen, mit dem er einem Kind sagte, dass es etwas falsch gemacht hatte? Hatte der Mann ihn dabei beobachtet, wie er seinen Fund einsteckte?

Paul blieb stehen und drehte sich um, fast sicher, in ein grimmiges Gesicht zu blicken, doch der Mann war schon ein gutes Stück entfernt. Glück gehabt.

Die Gedanken rasten durch seinen Kopf. Wohin sollte er mit seinem Fund gehen? Zu Jens? Nein, auf keinen Fall. Der würde es überall herumerzählen. Aber wohin sonst?

Plötzlich kam ihm eine Idee. Nicht weit entfernt gab es eine kleine eingezäunte Wiese. In die Hecken, die am Rande des Grundstücks wucherten, war er mit Jens schon oft gekrochen, wenn sie unbeobachtet sein wollten. Dort hatten sie sogar schon einmal einen Zigarettenstummel angesteckt und daran gezogen. Er hatte ganz fürchterlich geschmeckt. Ja, das war ein wirklich geheimer Platz.

Paul arbeitete sich bis tief in das Gestrüpp vor und setzte sich auf die etwas feuchte Erde. Ein Ast kitzelte ihn im Nacken, aber das störte ihn nicht. Ehrfürchtig klappte er die braune Mappe auf und warf einen Blick hinein. Fast hätte er gejubelt vor Freude, als er die vielen Münzen sah, die in den beiden Fächern verteilt lagen. Er drehte die Brieftasche um und ließ den Inhalt klimpernd vor sich auf den Boden fallen. Schnell zählte er das Geld. Fünfzehn Euro und zweiundzwanzig Cent. Und alles gehörte ihm. Wow!

Was konnte man damit alles kaufen. So viele Süßigkeiten, dass es für die nächsten Wochen ausreichen würde. Vielleicht sogar das Blasrohr, das seine Eltern ihm nicht erlaubt hatten. Aber wo würde er es verstecken? Ach, egal, da würde sich schon was finden. Er, Paul, gerade neun Jahre alt geworden, war reich.

Er nahm die Mappe wieder in die Hand und untersuchte sie genauer. Seitlich konnte man noch ein Fach aufklappen. Er zog daran und mit einem klackenden Geräusch sprang der Verschluss auf. Dann wurden seine Augen groß.

Zwischen einigen Papieren steckte ein Bündel Geldscheine. Ein dickes Bündel. Mit zitternden Fingern und klopfendem Herzen zog er es heraus und starrte sekundenlang darauf. Dann begann er mechanisch zu zählen. Es waren fast nur große Scheine.

Sechshundertdreißig Euro. Langsam sank die Hand, die diesen unfassbaren Reichtum hielt, nach unten.

Paul war zu keinem klaren Gedanken fähig. Außerdem machte sich ein komisches Gefühl in seinem Bauch breit. Sechshundertdreißig Euro. Wieder starrte er auf das Bündel. Minutenlang. Dann legte er es, ganz vorsichtig, als könne er die Scheine beschädigen, wenn er sie unsanft behandelte, auf seinem Bein ab und zog die Papiere aus dem Fach der Mappe. Wie ein Krampf fuhr es ihm in den Magen, als er das Gesicht erkannte, das ihm von dem Foto auf dem Personalausweis entgegenlächelte. Es war die alte Frau, die er fast umgerannt hatte. Sie hieß Erna Schmidt. Die Brieftasche gehörte ihr.

Auf dem Heimweg fühlte sich der Gegenstand in seiner Gesäßtasche schwer an, störte beim Gehen. Er hatte schon ganz andere, viel schwerere Dinge in der Hosentasche transportiert. Stets war ihm das nach ein paar Minuten nicht mehr aufgefallen. Bei dieser Mappe war es anders. Fast so, als wolle sie ihn immer wieder daran erinnern, dass sie nicht ihm gehörte.

Der Weg nach Hause kam ihm fremd vor, obwohl er ihn schon hundertmal gegangen war. Die Menschen, die ihm begegneten, sahen anders aus als sonst. Sie hatten alle den gleichen, seltsamen Ausdruck im Gesicht. Es schien, als gehörten alle zusammen, und nur er, Paul, wäre ausgeschlossen von dieser Gemeinschaft. Verwirrt kam er zu Hause an und ging sofort in sein Zimmer. Dort verstaute er seinen Schatz in der gelben Schachtel unter seinem Bett und ließ sich dann auf die weiche Matratze fallen.

Er hatte so viel Geld, dass er sich einfach alles kaufen konnte, was er nur wollte. Und trotzdem war er nicht so glücklich, wie er es eigentlich hätte sein müssen. Das verstand er nicht. Er sah wieder das faltige Gesicht vor sich. Das gütige Lächeln der alten Frau. Sie war nicht böse gewesen, als er mit ihr zusammengestoßen war. Sie hatte sogar gesagt, er sei höflich.

Als Paul mit seinen Eltern Abendbrot aß, fühlte er sich immer noch nicht besser. Im Gegenteil. Auch Mama und Papa schienen plötzlich weit von ihm weg zu sein. Sie verhielten sich genau wie immer, aber irgendwie …

Die leuchtenden Ritzen schoben sich über die Erinnerung an den Nachmittag und störten ihn mit ihrer Helligkeit. Paul drehte sich wieder zur anderen Seite, und nun konnte er auch ein Bild in dem Muster auf dem Schrank erkennen. Es war ein Gesicht. Das von dem Personalausweis.

Als Paul am nächsten Morgen den Klingelknopf neben der grauen Eingangstür gedrückt hatte, musste er sich stark beherrschen, nicht einfach wegzulaufen. Schlurfende Schritte waren zu hören, dann wurde die Tür geöffnet, und Frau Schmidt blickte ihm überrascht entgegen. Sie sah anders aus als am Vortag. Müder. Und noch älter. »Ja?«, fragte sie einfach nur. Sie schien ihn nicht zu erkennen.

»Hallo, ich bin der Junge, der gestern mit Ihnen zusammengestoßen ist. Sie haben etwas verloren, das wollte ich Ihnen zurückbringen.«

Als er ihr die braune Mappe entgegenhielt, wurden ihre Augen so groß, dass sogar die tiefen Falten sich etwas glätteten. Wortlos und unendlich langsam nahm sie die Mappe an sich und öffnete sie. Ihre Augen wurden erst feucht, dann schwappte die Flüssigkeit über, und Tränen rannen über die tiefen Gräben in ihren Wangen. »Meine Rente. Meine ganze Rente.« Immer wieder stammelte sie diese Worte.

Auf dem Nachhauseweg betrachtete Paul die Gesichter der Menschen. Der komische Ausdruck darin war verschwunden, er gehörte wieder dazu. In seiner Hosentasche knisterte ein Zehn-Euro-Schein. Finderlohn. Laut pfiff er ein lustiges Lied.

Er war glücklich. Er war reich.

Ein Aufzug neuerer Bauart

Die Tür glitt mit einem sanften elektronischen Summen auseinander, für den versierten Vielbenutzer das sichere Kennzeichen eines Aufzugs neuerer Bauart.

Peter wurde von vier Augenpaaren aus der kleinen Kabine gemustert. Die Blicke waren beinahe abweisend, warfen ihm wortlos die unsinnige Frage entgegen, mit welcher Berechtigung er sich Zutritt in die intime Atmosphäre ihrer Zufallsgemeinschaft verschaffen wollte.

Der Aufzug war klein. Mit zwei Frauen – eine davon war schon mindestens siebzig –, und den beiden Männern davor war die Kapazität erschöpft, zumal man den Herren rechts zumindest als korpulent bezeichnen konnte. Peter warf dem Grüppchen ein verlegenes Lächeln zu, die stumme Alternative eines überraschten *Oh, Entschuldigung.* Dann ging er demonstrativ einen Schritt zurück und setzte damit das deutliche Zeichen: *Ich warte.*

Da erwachte der Korpulente aus seiner abwehrenden Starre, und damit nicht genug, schien das Ergebnis seiner Begutachtung sogar zu Peters Gunsten ausgefallen zu sein.

»Kommen Sie doch ruhig herein. Wir rücken ein wenig zusammen. Wir sind ja alle schlank. Haha.«

Zur Bestätigung tippelte er rückwärts ein Stück weiter in die Kabine hinein, wodurch der Busen der üppigen Schwarzhaarigen hinter ihm fast aus dem weiten Ausschnitt gedrückt wurde. Sie quittierte das mit einem zischenden Laut, sagte aber nichts.

Peter war für einen kurzen Moment unschlüssig, machte dann aber doch zwei große, schnelle Schritte nach vorn und stellte sich auf den winzigen freigewordenen Platz, das Gesicht dem Kabineninneren zugewandt. Bevor er sich umdrehen konnte, glitten die beiden Türhälften wieder zusammen. Peters Gesicht war nun etwa dreißig Zentimeter von der Nasenspitze der Schwarzhaarigen entfernt. Die unverhältnismäßig großen Poren auf ihren Wangen waren mit Make-up aufgefüllt wie Bienenwaben mit Honig, eine Maßnahme, die zumindest aus der Distanz den Eindruck glatter Haut vermittelt hatte. Peter warf einen kurzen Blick auf die fleischigen Halbkugeln ihrer Brüste. Es war wirklich nur eine blitzschnelle Bewegung der Augen. Trotzdem schien sie es bemerkt zu haben, denn sie verzog die grellroten Lippen zu einem anzüglichen Lächeln. »Warum geht das denn nicht weiter?« Die alte Dame stellte die Frage direkt an Peter gewandt, dem nun erst auffiel, dass das sanfte Rucken ausblieb, mit dem die Kabine ihre Fahrt nach unten normalerweise begann. Noch bevor er darauf reagieren konnte, stellte die Schwarzhaarige sachlich fest: »Wir sind zu schwer.«

»Aber der Aufzug ist für fünf Personen zugelassen«, meldete sich nun der schmächtig aussehende Mittfünfziger an Peters linker Seite zu Wort.

»Wir sind zu schwer«, wiederholte sie stoisch und mit trotzigem Unterton.

»Na, an mir liegt es jedenfalls nicht«, betonte der Schmächtige, worauf er sich einen giftigen Blick des anderen Herren einfing.

»Das ist nur, weil der junge Mann sich noch unbedingt dazuzwängen musste.« Die Alte wackelte dabei mit dem von lila Dauerwellen umgebenen Kopf wie die Dackelfiguren auf der Hutablage mancher Autos. »Rücksichtslos, das sind die jungen Leute heutzutage.« Nun sah sie Peter wieder direkt an. »Ihnen ist es doch egal, dass eine alte hilflose Frau jetzt hier im Aufzug feststeckt. Nur auf das eigene Wohl bedacht, so sind die jungen Leute heutzutage.«

Peter merkte, wie er langsam ungeduldig wurde. »Erstens glaube ich nicht, dass wir feststecken, und zweitens haben Sie sicherlich schon bemerkt, dass ich mit Ihnen *zusammen* hier drin bin. Außerdem wollte ich mich nicht zu Ihnen hineinzwängen. Man hat mich dazu aufgefordert.«

»Ach, jetzt bin ich wohl Schuld, was? Ist das nun der Dank für meine Freundlichkeit?« Der Korpulente spuckte Peter beim Sprechen einige Tropfen Speichel ins rechte Ohr.

»Ich hab mich sowieso gefragt, was das sollte. Es war schon eng genug hier drin«, erklärte der Schmächtige beleidigt.

»Geht es denn jetzt bald weiter?«, wollte der wackelnde lila Kopf wissen.

»Nein. Wir sind zu schwer.«

»Aber nicht wegen mir.«

»Passen Sie doch auf, müssen Sie einer alten Frau auf die Füße treten?«

»Ich wiege nicht viel mehr als alle anderen hier drinnen. Das täuscht.«

»Als alle anderen zusammen vielleicht. *Wir sind zu schwer!*«

»Im Altersheim haben sie mich davor gewarnt, alleine in die Stadt zu gehen. Die jungen Leute sind rücksichtslos.«

Peters Blut begann, in den Ohren zu rauschen.

»Ruuuhe!« Er hatte so laut gebrüllt, dass er selbst erschrocken war.

Augenblicklich wurde es still in der engen Kabine. Ganz langsam drehte Peter sich um und betrachtete die Tür. Sie stand einen winzigen Spalt offen.

Sein Blick folgte der Öffnung nach unten. Dort lag auf dem Boden ein rotes Kügelchen und versperrte den Türhälften das letzte winzige Stück des Weges. Während er sich danach bückte, wunderte er sich, dass die Tür nicht von selbst wieder aufgegangen war, als sie auf Widerstand stieß. Mit Zeigefinger und Daumen pulte er das Kügelchen aus der Ritze. Im gleichen Moment, in dem er es herauszog, öffnete sich die Tür wieder. Mit einem schnellen Schritt war Peter draußen.

Er wurde von vier Augenpaaren aus der Kabine gemustert. Sekundenlang. Dann schloss sich die Tür mit einem sanften elektronischen Summen. Für den Vielbenutzer das sichere Kennzeichen eines Aufzugs neuerer Bauart.

Familie spielen

Wir saßen im Schatten eines Baums und warteten auf unsere Getränke, als Daniela mich auf das kleine Mädchen aufmerksam machte.

Sie stand vor einem Tisch, etwa in der Mitte des Biergartens, und redete auf ein älteres Paar ein, das sichtlich bemüht war, die Kleine zu ignorieren. Während die Frau angestrengt an ihr vorbeisah, als suche sie jemanden unter den anderen Gästen, starrte der Mann das vor ihm stehende Bierglas an und schüttelte dabei unentwegt den Kopf. Schließlich wandte sich das Mädchen ab und ging zum nächsten Tisch.

Ihr blonder Pferdeschwanz wippte dabei auf und ab, und es wäre ein fröhliches Bild gewesen, wenn nicht dieser Ausdruck tiefer Traurigkeit wie ein Schatten auf dem Kindergesicht gelegen hätte.

Da wir selbst keine Kinder hatten, fiel es mir schwer, ihr Alter zu schätzen. Sie mochte zehn oder elf sein, vielleicht auch etwas jünger.

»Ob sie um Geld bettelt?«, fragte Daniela und beobachtete, wie sich das vorherige Szenario wiederholte. Ich betrachtete die Kleine von oben bis unten. Ihr gelbes Kleid sah neu aus, die weißen Kniestrümpfe darunter waren blitzsauber und ihre Lackschuhe glänzten, als wären sie eben erst aus dem Regal eines Schuhgeschäfts genommen worden.

»Keine Ahnung, aber sie sieht nicht so aus, als müsse sie betteln.«

In diesem Moment sah das Mädchen zu uns herüber. Als es bemerkte, dass wir es beobachteten, huschte ein kleines Lächeln über sein Gesicht. Nach einem letzten Blick zu den Leuten am Tisch zuckte es mit den Schultern und kam auf uns zu.

»Guten Tag, mein Name ist Anna, und ich bin zehn Jahre alt«, sagte sie, als sie schließlich vor uns stand. In ihrer hellen Stimme schwang etwas mit, das mich seltsam berührte. Ich spürte den Drang in mir, die Kleine in den Arm zu nehmen und zu trösten, obwohl ich nicht wusste, wofür ich sie trösten sollte.

»Würden *Sie* vielleicht Familie mit mir spielen?«

Daniela warf mir einen fragenden Blick zu. Ich lächelte sie unsicher an, bevor ich mich wieder dem Mädchen zuwandte.

»Wo sind denn deine Eltern, Anna?«

Sie senkte den Kopf und betrachtete sekundenlang ihre glänzenden Lackschuhe. »Ich habe keine richtigen Eltern«, sagte sie schließlich so leise, dass ich sie kaum verstehen konnte. Dann sah sie Daniela an, und ich glaubte, im Gesicht meiner Frau ablesen zu können, dass sie etwas Ähnliches fühlte wie ich.

»Aber ich würde so gerne wissen, wie es ist, wenn man mit Mama und Papa einen Ausflug macht. Spielen Sie Familie mit mir, ja? Nur ganz kurz. Ich werde auch eine ganz brave Tochter sein. Ehrlich.«

Wieder traf sich mein Blick mit dem meiner Frau. Daniela nickte mir kurz zu und sagte zu Anna: »Na, dann setz dich mal zu uns. Ich weiß zwar nicht genau, wie man Familie spielt, aber du kannst uns ja dabei helfen.«

Im Bruchteil einer Sekunde hellte sich das kleine Gesicht auf. »O danke, vielen Dank«, jauchzte Anna, zog sich mit einer schnellen Bewegung einen Stuhl zurück und setzte sich an den Tisch. Die Traurigkeit war aus ihrem Gesicht verschwunden und es schien, als würden ihre Wangen von innen heraus leuchten. In diesem Moment tauchte die Bedienung neben mir auf und stellte ein Tablett mit unseren Getränken auf dem Tisch ab. Sie musterte das Mädchen kurz und sah Daniela dann fragend an. Bevor meine Frau jedoch etwas sagen konnte, plapperte Anna los.

»Guten Tag, ich bin die Anna, und das sind meine Mama und mein Papa. Wir machen einen Ausflug – einen Familienausflug. Kann ich bitte eine Cola haben?«

Ich war so verblüfft, dass ich kein Wort über die

Lippen brachte, aber Daniela nickte der Bedienung zu. »Das geht in Ordnung. Eine Cola darf unsere Tochter trinken.«

Die Frau nickte, griff ihr Tablett und ging damit zum Nachbartisch, wo sich gerade neue Gäste niedergelassen hatten. Anna strahlte über das ganze Gesicht. »Danke, Mama.«

Sie nestelte an der Seite ihres Kleides herum, und als sie die geöffnete, kleine Hand in Danielas Richtung ausstreckte, lag ein Zwei-Euro-Stück darin.

»Ich möchte die Cola von meinem Taschengeld bezahlen, Mama.«

Daniela schüttelte den Kopf und lächelte. »Nein, nein. Wenn man einen Familienausflug macht, dann zahlen Eltern immer für ihre Kinder. Steck dein Taschengeld wieder ein.«

Als ich Danielas Augen sah und bemerkte, wie sie das Mädchen anstrahlte, wünschte ich mir einen Moment lang, die Kleine wäre wirklich unsere Tochter.

»Papa, wo arbeitest du eigentlich?«

Die helle Stimme riss mich aus den Gedanken. »Bei einer Versicherung.«

»Dann kommst du doch bestimmt jeden Abend nach Hause.«

Ich nickte. »Ja, natürlich.«

»Und wenn du dann zu Hause bist, spielst du mit mir und erzählst mir Geschichten und fährst mit mir Fahrrad, und …« Sie brach den Satz ab und sah Daniela an.

»Und du, Mama, arbeitest du auch?«

Daniela nickte und strich ihr mit der Hand über die blonden Haare. »Ja, ich arbeite auch. Und ich komme auch jeden Abend nach Hause und spiele mit dir.«

Die Augen des Mädchens begannen feucht zu glänzen, und nach einigen Sekunden löste sich eine Träne und lief ihm über das Gesicht. Mit einer schnellen Bewegung wischte es mit dem Arm über die Wange.

»Ich bin so froh, so gute Eltern zu haben. Es ist …«

»Anna … Hier bist du. Was denkst du dir eigentlich, einfach so zu verschwinden?«

Vor unserem Tisch stand eine noch recht junge Frau. Sie sah sehr gepflegt aus. An ihren Handgelenken und Fingern glänzten für meinen Geschmack etwas zu viele goldene Schmuckstücke. Sie warf erst mir, dann Daniela einen entschuldigenden Blick zu. »Tut mir leid, wenn meine Tochter Sie belästigt hat. Ich weiß nicht, was in sie gefahren ist.«

Ihr Blick richtete sich wieder auf das Mädchen, und auf ihrer Stirn bildete sich eine Falte.

»Kannst du dir nicht vorstellen, dass wir uns große Sorgen gemacht haben? Du kannst doch nicht einfach so aus dem Haus rennen, ohne uns zu sagen, wo du hingehst.«

Ich war verwirrt und sagte: »Entschuldigen Sie bitte, Sie sagten *Ihre Tochter*?«

»Ja, das ist meine Mama«, sagte Anna, bevor die Frau antworten konnte. Dann stand sie auf und sah ihre Mutter an.

»Ihr seid fast nie da und wenn, dann habt ihr keine Zeit für mich. Nie spielt ihr mit mir, nie machen wir einen Ausflug zusammen. Nie. Nichts.«

»Aber du weißt doch, dass wir viel arbeiten müssen und die ganze Woche …«

»Nie. Nichts.« Anna machte einen Schritt auf Daniela zu und drückte ihr einen schmatzenden Kuss auf die Wange. »Danke, du warst die beste Spiel-Mama der Welt, und das war der schönste Familienausflug.«

Damit drehte sie sich um und ging mit gesenktem Kopf davon.

Bevor die Frau ihr folgte, sah sie uns traurig an und sagte: »Entschuldigen Sie bitte, ich würde es Ihnen gerne erklären, aber ich muss jetzt nach Hause. Ich muss ein wichtiges Gespräch mit meinem Mann führen.«

Was man nicht alles tut

Ich hatte vor, nur ein gemütliches Feierabendbierchen zu trinken, als mir dieser bedauernswerte Mensch über den Weg lief. Lediglich eine halbe Stunde lang wollte ich mich selbst ein wenig für die vollbrachten Leistungen des Tages belohnen, bevor ich mich auf den Heimweg zu meiner Inge machte.

Ich muss vorausschicken, dass ich ein sehr ausgeglichener Mensch bin. Dafür habe ich auch Einiges getan, man wird schließlich nicht als Mister Ausgeglichenheit geboren, nein, man muss vielmehr konsequent darauf hinarbeiten, diesen erstrebenswerten Zustand zu erreichen.

Diese armen, gestressten Managertypen in ihren Armani-Anzügen, die gar nicht wissen, wie ihre teure Rolex-Uhr aussieht, weil sie keine Zeit haben, sie anzusehen, entlocken mir nur ein müdes Lächeln.

Ich kenne jede einzelne der kleinen Farbschattierungen meiner Swatch. Jede mögliche Stellung der

Zeiger, wenn sie sich nach der Mittagspause langsam in Richtung vier Uhr schieben, ist mir so vertraut wie Inges Sauerkraut mit Würstchen.

Mein Job als mittlerer Verwaltungsbeamter ist bestimmt nicht einfach, aber ich habe ihn ja gewollt, habe ganz konsequent darauf hingearbeitet. Fast jede Fortbildungsmaßnahme habe ich gekonnt umgangen, denn diese Weiterbildungen – seien wir doch mal ehrlich – sind nichts anderes als ein hinterlistig versteckter Schritt auf eine Beförderung zu, die dann zwangsläufig mehr Stress bedeutet. Bei den wenigen Seminaren, die sich gar nicht verhindern ließen, ist es mir durch geschicktes Taktieren gelungen, ein Ergebnis zu erzielen, das mir meinen jetzigen Arbeitsplatz dauerhaft sichert.

Ebenso zielstrebig habe ich für mein ausgeglichenes Eheleben gesorgt. Meine Inge ist wirklich eine tolle Frau. Was nutzt es, eines dieser schlanken, hübschen Models zu Hause sitzen zu haben, die einfach nur schön sind und sonst nichts? Die ständig von fremden Männern angegafft werden und nur Sex im Kopf haben? Nein, nein. Meine Mutti – so nenne ich Inge meist – ist da ganz anders. Die kümmert sich um den Haushalt und kann kochen. Ihre Bohnensuppe ist ein Gedicht. Tja, und Sex … ich brauche das wirklich nicht so oft. Aber genug jetzt davon.

Ich saß also in dieser Kneipe in der Altstadt und betrachtete mit einem innerlichen Kopfschütteln diese jungen Frauen, die ohne einen Anflug von Schamgefühl da herumsaßen in Shirts, die so weit ausgeschnitten waren, dass ihre, na Sie wissen schon, ihre *Dinger* fast rausfielen. Ich sah sie mir ganz genau an, das heißt, ich studierte sie, weil ich doch herausfinden wollte, was diese Frauen dazu trieb, sich so darzustellen. Ein wirklich schwieriges Unterfangen, das eine ganz eingehende Betrachtung des Studienobjektes erfordert.

Ich hatte gerade mit der Feinanalyse begonnen, da betrat dieser Mensch das Lokal.

Er durfte ungefähr mein Jahrgang sein, aber ich erkannte auf Anhieb, dass dieser Mann alles andere als ausgeglichen war. Schlank, muskulöse Brust … das zeugte genau wie die kräftigen Oberarme davon, dass der arme Kerl wohl keine harmonische Beziehung hatte, denn er schien sich in irgendeine schweißtreibende Sportart flüchten zu müssen.

Seine wasserblauen Augen stachen aus dem dunkel gebräunten Gesicht hervor. Der arme Kerl. Legte sich wahrscheinlich regelmäßig unter ein Solarium und nahm dabei in seiner Frustration sogar das Hautkrebsrisiko in Kauf.

Er trat mit einem übertrieben zur Schau gestellten Lächeln an die Theke, legte seinen Autoschlüssel wenige Zentimeter neben meinem Glas ab und lehnte sich dann lässig an einen Barhocker. Ich warf einen kurzen Blick auf den Schlüssel. Porsche! Gott, was musste dieser Mensch einsam sein. Hatte sich wahrscheinlich hoch verschuldet, weil er hoffte, durch ein Auto Anerkennung zu bekommen.

Ich nahm einen Schluck von meinem Bier und betrachtete ihn dabei aus den Augenwinkeln.

Er schien es bemerkt zu haben, denn immer noch lächelnd sagte er: »Hallo.« Zu mir. Einem wildfremden Menschen. Er musste wirklich sehr einsam sein.

Ich nickte ihm kurz zu, blickte dann aber gleich in eine andere Richtung. Schließlich bin *ich* weder verzweifelt noch einsam.

Ich sah erst wieder zu ihm hinüber, als ich direkt neben mir mehrere weibliche Stimmen hörte. Es waren drei der jungen Frauen, die ich kurz zuvor noch studiert hatte. Mit überschwänglichem Getue umarmten und küssten sie den armen Kerl, drückten sich an ihn und kicherten dabei wie Schulmädchen auf dem Klo. Nun musste er sich auch noch mit diesen albernen, halbnackten Frauen abgeben, die wahrscheinlich keinen anderen Gedanken im Kopf hatten als Sex. Kochen konnten die bestimmt nicht. Während ich so das Treiben neben mir beobachtete, wurde mir wieder einmal bewusst, wie ruhig und angenehm mein Leben doch war.

Irgendwann beugte der Mann sich ein wenig über die Theke und sagte an der halbentblößten Oberweite einer Blondine vorbei zu mir: »Trinken Sie ein Bierchen mit uns?«

Ich erschrak etwas, denn ich hatte mich an eben dieser Blondine gerade wieder meinen ernsthaften Studien gewidmet. In kürzester Zeit erfasste ich die Situation und begriff, dass das ein Hilferuf war, sein verzweifelter Versuch, sich mit einem ernsthaften Menschen zu unterhalten. Also nickte ich ihm zu, woraufhin die junge Frau – mein Studienobjekt – entzückt ausstieß: »Prima, lasst uns noch was trinken.«

Sie war alles andere als der Typ Frau, mit dem ich normalerweise zu tun habe, aber ich lächelte sie trotzdem an. Nicht ihr zuliebe. Nein, ich tat es, weil der Mann mir einfach leidtat.

Obwohl, dumm schien sie nicht zu sein, denn sie fragte mich schon nach einer Minute, ob ich Beamter wäre. Sie hatte wohl instinktiv meine Ausgeglichenheit gespürt und mir gleich den richtigen Beruf zugeordnet. Ein bisschen stolz machte mich das schon.

Jedenfalls war das der Beginn eines langen Abends, der zwar ganz anders verlief als meine normalen Abende und überhaupt nicht in mein Leben passte, aber ich hatte schon nach einigen wenigen Bierchen gespürt, dass ich einfach durchhalten musste. Meine soziale Ader hatte sich geregt, und ich fühlte mich ein wenig wie ein Missionar, der ein gutes Werk tat, auch wenn ich mir dafür den Abend mit diesen Frauen um die Ohren schlagen musste.

So ertrug ich Brüderschaft trinken und Küsschen

mit allen drei Frauen, wobei sie ihre *Dinger* an mich drückten, ebenso wie die Tatsache, dass sie abwechselnd einen Arm um mich legten und mir die Haare kichernd durcheinander brachten.

Als ich das Lokal verließ, zeigte meine Swatch mir, dass es kurz nach Mitternacht war. Glaube ich.

Eben, auf dem Weg zum Taxistand – der letzte Bus war längst weg – dachte ich darüber nach, dass es besser ist, *Mutti* nicht mit den Einzelheiten des Abends zu belasten. Sie würde sich nur unnötige Gedanken machen, weil ich mich bis zur Selbstaufgabe um einen fremden Menschen gekümmert und dafür einiges in Kauf genommen habe.

Nun sitze ich im Taxi und überlege, dass ich morgen Abend wohl wieder in das Lokal gehen werde. Vielleicht ist Andy da und hofft darauf, mich zu treffen. Selbst wenn die Frauen auch wieder dort sein sollten – dieses Risiko gehe ich ein.

Um Andys willen. Mutti werde ich sagen, ich müsse länger arbeiten. Ich möchte nicht, dass sie sich sorgt.

Was man nicht alles tut, um anderen zu helfen.

Wie damals

Mit geschlossenen Augen atme ich die frische Luft ein. Sie macht das Ensemble des Frühlings aus Vogelgezwitscher und Blumenduft perfekt, untermalt von dem tiefen, gleichmäßigen Brummen der Hummeln, die geschäftig über die Wiese schwirren.

Ein leichter Wind weht mir eine Strähne deines Haars unter die Nase. Sie kitzelt mich, und ich presse den Mund zusammen, um nicht niesen zu müssen. Niesen wäre ein Missklang in dieser makellosen Harmonie.

Ich öffne die Augen und schaue geradewegs in eine hellblaue Unendlichkeit, die durch keine einzige Wolke getrübt wird.

An einigen Stellen sticht mir das Gras durch mein dünnes Shirt in den Rücken, aber ich bewege mich nicht. Das würde deine Ruhe stören.

Vorsichtig nehme ich deine Haarsträhne von meinem Gesicht.

Dann streiche ich über deinen Kopf, ganz behutsam, so, dass ich die Weichheit deiner Haare mehr erahnen als fühlen kann.

Ob du jetzt glücklich bist?

Ja, ich denke, es gefällt dir, hier zu liegen und zu spüren, wie sich die Natur um uns herum bemüht, alle unsere Sinne mit ihrem Zauber zu berühren.

Ich habe gewusst, es würde wieder genau so sein wie damals, als wir uns hier zum ersten Mal getroffen haben. Hatte ich nicht recht?

Noch etwas wärmer war es gewesen, der Sommer schon näher, aber auch damals hat uns die Natur mit ihrer farbenprächtigen Vorstellung überwältigt und das Gefühl unserer Liebe noch verstärkt.

Wie sehr ich dich liebe.

Meine Gedanken wandern zurück. Eine Stunde nur. Ich möchte es nicht, sie sollen hierbleiben, auf unserer Wiese, bei dir.

Die Bilder in meinen Kopf machen sich selbständig, scheinen mir nicht mehr zu gehorchen. Ich wehre mich, möchte aufspringen, aber das kann ich nicht. Dein Kopf ruht auf meiner Brust.

Vor nur einer Stunde, zu Hause. Wir haben beide gewusst, dass es kommen wird. Der Arzt hat gut geschätzt. Acht bis zehn Wochen hat er damals gesagt. Es waren neun.

Vor nur einer Stunde. Dein letzter Blick.

Ich hatte es dir versprochen.

Dein Körper war so leicht, als ich dich ins Auto brachte.

Ich bin ganz vorsichtig gefahren bis zu unserer Wiese, habe dich dabei immer wieder angesehen.

Ich habe dich zu diesem Platz getragen, mich ins Gras gelegt und deinen Kopf auf meine Brust gebettet.

Wie damals.

Schildkrötenteller

Mit vertrauenerweckendem Lächeln geht die Verkäuferin auf den Jungen zu. Seit einigen Minuten beobachtet sie nun schon, wie er sich einen Teller nach dem anderen aus den raffiniert beleuchteten Regalen nimmt. Mit ungelenken Bewegungen dreht er die Teller um und betrachtet die Unterseiten, um sie dann mit enttäuschtem Gesicht wieder zurückzustellen.

Es macht sie nervös, den Kleinen mit dem teuren Geschirr hantieren zu sehen, und sie fragt sich, was eine Mutter sich dabei denkt, ihr Kind alleine in einem Porzellangeschäft herumlaufen zu lassen. Der Junge ist höchstens fünf.

»Na, gefallen dir die Teller?«, fragt sie und legt dabei den Kopf ein wenig schief.

Hellblaue Augen sehen sie kurz erschrocken an, dann zuckt der Kleine mit den Schultern und greift nach dem nächsten.

»Wo ist denn deine Mama?« Sie muss sich beherrschen, ihm den wertvollen Teller nicht hastig aus der Hand zu nehmen.

»Nicht da«, antwortet er einsilbig, während er die Unterseite kontrolliert.

»Nicht da? Bist du ganz alleine hierhergekommen?« Die Verkäuferin ist irritiert.

»Ja.« Der nächste Teller.

»Aber was suchst du denn? Kann ich dir vielleicht helfen?«

»Schildkrötenteller.«

»Schildkrötenteller?« Ihr Lächeln verändert sich, wird unsicher. »Was ist denn ein Schildkrötenteller?«

Er stellt den Teller zurück und sieht sie wieder an. In seinem Blick liegt Verwunderung, als könne er nicht glauben, dass sie nicht weiß, was Schildkrötenteller sind.

»Na, die mit der Familie drauf.« Es klingt traurig, und auch ein wenig vorwurfsvoll.

Sie denkt angestrengt nach, dann schüttelt sie den Kopf.

»Tut mir leid, aber ich weiß nicht, was du meinst. Ich glaube, wir haben keine Teller mit einer Familie drauf. Wie wäre es, wenn du später noch einmal mit deiner Mama wiederkommst?«

Plötzlich werden die Augen des Jungen feucht, und seine Mundwinkel beginnen zu zucken, dann laufen dicke Tränen über seine Wangen. »Aber ich brauche ganz dringend einen Schildkrötenteller«, schluchzt er. »Ich bin schuld.«

Und dann noch einmal, leiser: »Ich bin doch schuld.«

Sie versteht nicht, was der Junge meint, aber der hilflose, verzweifelte Blick aus seinen tränennassen Augen trifft sie direkt ins Herz. Sie beugt sich ein wenig nach vorne und streckt die Arme aus. »Nun komm mal her.«

Ohne zu zögern legt er die Arme um ihren Hals und drückt sich an sie. Sie hebt ihn hoch, und während sie ihn durch das Geschäft in einen kleinen Nebenraum trägt, presst er sein Gesicht fest an ihre Schulter.

Minutenlang sitzt sie am Tisch, den Jungen auf dem Schoß, und wartet, bis das Zucken seines kleinen Körpers etwas nachlässt. Dann drückt sie ihn sanft etwas von sich und streicht ihm eine Haarsträhne aus der Stirn.

»Wie heißt du denn?«

»Chris … Christian.«

»Aha, Christian. Möchtest du mir sagen, warum du so traurig bist?«

Nur kurz zögert er, dann bricht es aus ihm heraus.

Er erzählt ihr von *seinem* Teller, der auf der Unterseite einen blauen Stempel hatte. Drei Schildkröten waren es, zwei große und eine kleine. Mama hatte ihm gesagt, dass es eine Schildkrötenfamilie ist, so wie sie, Papa und er eine Familie sind. Und dass eine Familie immer ganz dicht zusammen ist, wie die Schildkröten auf dem Teller.

Das hat ihm gefallen, und er wollte nur noch von diesem Teller essen, weil das Essen viel besser geschmeckt hat aus dem Schildkrötenfamilienteller. Und immer, wenn er den Teller leer gegessen hatte, drehte er ihn um und sah nach, ob die Schildkröten noch dicht zusammen waren. Dann wusste er, dass mit der Familie alles in Ordnung war.

Doch gestern Mittag, als er ihn wieder umdrehen wollte, war ihm der Teller aus der Hand gerutscht. Er war zu Boden gefallen und in viele kleine Teile zerbrochen. Die *Familie* war auseinandergebrochen. Christian hatte Angst bekommen und geweint, weil die Familie nun nicht mehr zusammen war, aber seine Mama hatte gesagt, das sei nicht schlimm und er solle sich keine Sorgen machen.

Wieder laufen Tränen über Christians Wangen. »Aber Mama hat mich angelogen. Gestern Abend hat sie sich ganz doll mit Papa gestritten. Sie haben laut geschrien, und es war ganz schlimm. Und nun ist unsere Familie auch nicht mehr zusammen. Und … und ich bin schuld, weil ich doch den Schildkrötenteller kaputt gemacht habe. Deshalb muss ich schnell einen neuen Teller finden mit der Schildkrötenfamilie drauf, bevor Mama oder Papa weggehen und wir keine Familie mehr sind und ich …«

»Christian, Gott sei Dank.« Seine Mutter stürmt in den Raum, gefolgt von einer anderen Verkäuferin. Sie läuft zu ihm und drückt ihn fest an sich.

»Ich habe mir solche Sorgen gemacht, mein Schatz. Was machst du nur für Sachen?«

Dann sieht sie die Frau an, auf deren Schoß ihr Junge sitzt.

»Wir waren in einem Geschäft ein paar Häuser weiter. Als ich bezahlt hatte und mich umdrehte, war er verschwunden. Ich habe ihn schon überall gesucht.«

Kopfschüttelnd wendet sie sich wieder ihrem Sohn zu.

»Warum bist du denn weggelaufen?«

Christian senkt den Blick und betrachtet seine Schuhspitzen.

»Er wollte einen Schildkrötenteller haben«, sagt die Verkäuferin. »Weil er dachte, dass …«

»Dass unsere Familie sonst zerbricht«, unterbricht Christians Mutter sie nickend. Dann greift sie in die Tüte, die sie in der Hand hält, und zieht etwas heraus.

Christians Augen werden groß, er springt vom Schoß der Verkäuferin, reißt seiner Mutter den Teller förmlich aus der Hand und dreht ihn um.

Dann drückt er ihn ganz fest an sich und lächelt glücklich.

Feuerbestattung

Die Tür des Aufzugs zuckte einige Male, dann war auch das letzte Bein so weit eingezogen, dass sie sich mit einem samtenen Summen schließen konnte. Betont gelangweilte Blicke wurden aneinander vorbei gerichtet, jeder war bemüht, ungewollte Berührungen zu vermeiden. Dann verspürten die zwölf Insassen das leichte Aufwärtsziehen des Magens, als hätte er den Start zu dem einundzwanzig Stockwerke weiten Weg nach unten verpasst. Doch noch bevor sie sich auf die ungewohnte Abwärtsbeschleunigung eingestellt hatten, gab es, begleitet von mehrfachem Aufstöhnen, einen heftigen Ruck, und es wurde dunkel.

Der Aufzug stand. Die eintretende Stille, durch die absolute Finsternis noch verstärkt, erschien wie ein akustisches Vakuum, das nur durch ein gedämpft knarrendes Geräusch von irgendwo außerhalb der Kabine unterbrochen wurde.

»O Gott, wir stecken fest.« Es war eine Frauenstimme, die den Bann des Schweigens brach und damit den Startschuss zu einem wilden Gemurmel gab. Flüche wurden ausgestoßen, Hände berührten ungewollt den Nachbarn, jemand versuchte, sich hektisch in der Dunkelheit umzudrehen, und stieß dabei mehrfach mit den Ellbogen in Bäuche und Rücken. Dazwischen waren Worte wie *Abstürzen, Ersticken* und immer wieder *Gott* zu hören. Jemand begann zu schluchzen. Dann wurde es wieder ruhiger. Die Geräuschkulisse schien zu verebben wie eine Welle, die am Strand ausläuft.

Stille. Warten. Darauf, dass jemand etwas Tröstliches sagte, eine Idee hatte, die diese beängstigende Situation beenden würde. »He, lassen Sie das!« Eine Frauenstimme.

»'tschuldigung.« Ein Mann, aus der gleichen Richtung.

»Was tun wir jetzt nur?« Wieder die Stimme einer Frau, jedoch aus der anderen Ecke der Kabine, mit dem Unterton aufkeimender Panik.

»Wie in einem Sarg«, stellte ein Mann sachlich fest.

»Halten Sie den Mund. Das können wir jetzt wirklich nicht gebrauchen.« Die gereizte Stimme eines anderen Mannes.

»Warum? Es gibt keinen Grund zur Panik. Ich bin vor kurzem schon einmal mit diesem Aufzug steckengeblieben. Es hat nur fünf Minuten gedauert, dann funktionierte er wieder. Die haben einen guten Techniker hier im Haus, bei dem jetzt der Alarm läutet. Er wird sich sofort darum kümmern, ganz sicher. Ich muss in solchen Situationen eben immer an einen Sarg denken, in dem man lebendig begraben ist. Hat noch niemand von Ihnen an so was gedacht?«

»Das wäre das Schlimmste, was ich mir vorstellen könnte.« Der Mann klang jetzt schon nicht mehr so gereizt.

»Ja, eben. In einer solchen Situation bekommt man einen kleinen Eindruck davon. Nur, dass wir hier wissen, in einigen Minuten ist es vorbei. Wenn man lebendig begraben wird, hat man dagegen die Gewissheit, langsam zu ersticken. Aber das Ende bekommt man wahrscheinlich nicht mehr mit, weil der Wahnsinn vorher die Wahrnehmung vernebelt.«

»Seien Sie doch endlich ruhig, ich habe Angst.« Die Stimme einer jüngeren Frau.

»Lebendig begraben. So ein Quatsch. Das gibt es doch heute gar nicht mehr.« Ein Mann, der bisher noch nichts gesagt hatte. Er klang belustigt.

»Das glauben aber nur Sie. Ich bin zufällig vom Fach und weiß von einem Friedhofswärter, dass bei Exhumierungen in einem von zwanzig Fällen die Körper in seltsam verrenkter Stellung in den Särgen liegen.« Einige Sekunden der Stille, dann setzte die ruhige Stimme bedeutungsvoll hinzu: »Scheintot.

Lebendig begraben.« Wieder Stille. »Wenn man sich das vorstellt, eingeschlossen in einer Holzkiste in einer Finsternis wie hier. Über sich Tonnen von Erde. Keine Chance, da herauszukommen. Mit der Gewissheit eines qualvollen Todes vor Augen … ist das nicht fürchterlich?«

»Wenn Sie das alles so genau wissen, Sie Schlauberger, was wollen Sie dagegen tun?« Eine andere Frauenstimme.

»Feuerbestattung!«

»Was? Sie wollen sich verbrennen lassen? Aber, wenn Sie wirklich nur scheintot sind, dann sterben Sie durch das Feuer doch auf jeden Fall?«

Ein kurzes Lachen. »Ja. Im Bruchteil einer Sekunde, ohne Qual. Eindeutig die bessere Alternative.«

Stille.

»Da ist schon was dran.«

»Wie haben Sie das gemacht? Ich meine, was muss man tun, um eine Feuerbestattung zu bekommen?«

»Nun, der sicherste Weg ist, mit einem guten Bestattungsunternehmen schon jetzt einen Vertrag zu machen. Ich habe es so gemacht, und ich kann Ihnen versichern, dass ich seitdem viel ruhiger schlafe. Ich habe damit sozusagen einer Urangst ihren Schrecken genommen.«

Stille. Dann das Aufstöhnen einer Frau. »O Gott. Ich habe mir gerade für einen Moment vorgestellt, ich läge jetzt tatsächlich in einem … ein unsagbar fürchterliches Gefühl. Sagen Sie, kann man einen solchen Vertrag mit jedem Bestattungsunternehmen machen?«

»Nun ja, da es sich um ein heikles Thema handelt, würde ich nicht jedem x-beliebigen, windigen Geschäftemacher vertrauen. Aber hier in der Stadt gibt es zum Beispiel ein Unternehmen, für dessen Seriosität ich mich verbürgen kann.«

»Können Sie mir nachher vielleicht die Adresse geben?«

»Aber natürlich.«

»Würden Sie mir dann bitte auch die …« Ein Ruck, ein kurzes Flackern, dann war es wieder hell in der Kabine, und die Fahrt nach unten wurde fortgesetzt. Seufzer der Erleichterung wurden ausgestoßen. Blinzelnde Augen gewöhnten sich wieder an die Helligkeit, dann suchten alle Blicke den Mann, der eine Feuerbestattung für sich beschlossen hatte. Er war etwa Anfang vierzig und sah in seinem dunklen Anzug sehr gepflegt aus. Lächelnd blickte er in die Runde. »Hagemann ist mein Name. Michael Hagemann.«

Zwanzig Minuten später drückte Michael Hagemann einem Mann im blauen Overall einen Geldschein in die Hand, klopfte ihm auf die Schulter und verließ das Gebäude.

Als Gerhard Simmler, Inhaber des Bestattungsinstitutes Simmler, den Hörer aufgelegt hatte, drehte er sich kopfschüttelnd zu seiner Frau um. »Ich weiß nicht, wie dieser Hagemann das macht. Er hat schon wieder sieben unserer teuren Feuerbestattungen verkauft. Der Kerl ist mit Abstand der beste Außendienstmitarbeiter, den wir je hatten.«

Scheinwelt

Daniel musterte den Mann argwöhnisch, der ihm gegenüber hinter dem großen Schreibtisch saß. Der obligatorische weiße Kittel war nicht zugeknöpft und gab den Blick frei auf ein ebenfalls weißes Shirt, das sich eng um den vorgewölbten Bauch spannte.

Das Gesicht des Arztes strahlte die Art von nachsichtiger Güte aus, die man an den Tag legt, wenn man das Vertrauen eines kleinen Kindes gewinnen möchte.

Zurückgelehnt in das Rückenpolster des hohen Ledersessels strahlte er geradezu verschwenderisch Entspannung und Offenheit aus. Er war von einer Aura umgeben, die zu sagen schien: Vertrau mir.

Ja, der Mann machte einen kompetenten Eindruck, aber Daniel wusste, dass es für jemanden, der sich so wie dieser Arzt tagein, tagaus mit der menschlichen Psyche beschäftigte, ein Leichtes war, zu wirken, wie immer er es gerade wollte. Andererseits nutzte es nichts, er brauchte seinen Rat und musste sich ihm offenbaren. Jetzt.

»Herr Doktor Zwickels, ich komme zu Ihnen in einer, sagen wir, etwas delikaten Angelegenheit.«

Zwickels braune Augen blitzten kurz auf, dann zog er die rechte Braue etwas nach oben. Mit einem Ruck kam er aus seiner bequemen Haltung nach vorne und beugte sich über den mit Papieren überladenen Schreibtisch. Er legte die Unterarme auf der Tischplatte ab und faltete die Hände, als wolle er gemeinsam mit Daniel ein Gebet sprechen.

»Herr Diedrichs, es ist mein Beruf und, wenn ich das hinzufügen darf, auch meine Berufung, mit delikaten Angelegenheiten umzugehen. Also, worum geht es?«

Daniel betrachtete kurz seine Schuhe und stellte dabei fest, dass der linke schon wieder eine neue Schramme hatte. Dabei hatte er so sehr aufgepasst …

Nach einem tiefen Atemzug blickte er Doktor Zwickels fest in die Augen. »Es geht um meine Eltern. Sie können mir glauben, dass es mir wirklich schwerfällt, mit einem fremden Menschen darüber zu reden, aber ich weiß mir keinen Rat mehr. Seit einigen Wochen legen sie ein Verhalten an den Tag, das mehr als nur merkwürdig ist. Vielleicht ist es eine beginnende Demenz.«

Der Arzt hob die Hand, als wolle er sich in der Schule zu Wort melden. »Entschuldigen Sie bitte, eine Zwischenfrage: Sie sprechen davon, dass Ihre Eltern sich merkwürdig verhalten. Soll das heißen, diese Veränderung betrifft beide? Zum gleichen Zeitpunkt?«

Albert nickte traurig. »Ja, das ist es ja, was die Sache so seltsam macht. Beide. Von einem Tag auf den anderen.«

Zwickels lehnte sich wieder zurück. Der Ausdruck von Güte und Freundlichkeit war einer unverhohlenen, aber doch sympathischen Neugier gewichen. »Das ist ja höchst interessant. Wie wirkt sich diese Veränderung aus? Ich meine, woran haben sie festgestellt, dass mit Ihren Eltern etwas nicht stimmt?«

»Es ist, als lebten sie plötzlich in ihrer eigenen Welt, isoliert und abseits der Realität. Von außen durch niemanden, nicht einmal durch mich, erreichbar. Es ist furchtbar.«

Daniel schüttelte den Kopf und kämpfte gegen die Tränen an.

»Ich wohne noch zu Hause, müssen sie wissen. Ich bin zwar schon 32, aber … na ja, ich bin vor kurzem erst mit meinem Physikstudium fertig geworden und … ist ja auch egal. Jedenfalls begann es vor etwa drei Wochen, dass die beiden offenbar nicht mehr verstehen, was ich zu ihnen sage. Wenn ich zum Beispiel meinem Vater erkläre, dass ich einen wichtigen Termin zu einem Bewerbungsgespräch habe, erwidert er, ich solle doch ein wenig den Fernseher anschalten. Oder wenn ich Besuch habe … Neulich war mein ehemaliger Kommilitone Gerhard da. Als meine Mutter hereinkam und ich ihn ihr vorstellte, lächelte sie zu einem leeren Sessel auf der anderen Seite des Tisches hin und sagte, sie sei erfreut, ihn kennenzulernen. Können sie sich vorstellen, wie peinlich das für mich war?«

Zwickels strich sich mit der rechten Hand langsam über das Kinn und machte dabei einen nachdenklichen Eindruck, bevor er wissend nickte. »Das ist nicht so selten, wie Sie vielleicht denken. Wahrscheinlich liegt hier ein Fall von kollektiver Depression vor, ein Phänomen, das besonders dann auftritt, wenn Menschen den Großteil ihres Lebens miteinander verbracht haben. Sobald ein Lebenspartner merkt, dass der andere in eine Art Scheinwelt abrutscht, klammert er sich regelrecht an ihn und lässt sich so mitziehen in die Phantasien des geliebten Menschen.«

Elisabeth Diedrichs stand an der angelehnten Tür des Krankenzimmers und betrachtete ihren Sohn Daniel, der alleine an einem kleinen Tisch saß und sich mit einer imaginären Person zu unterhalten schien. Über die Wangen liefen ihr wieder einmal Tränen der Verzweiflung.

Hilfesuchend sah sie den Arzt an, der neben ihr

stand und das Schauspiel ebenfalls beobachtete. »Werden Sie ihm helfen können, Herr Doktor?«

Der Stationsarzt der Psychiatrie schüttelte bedauernd den Kopf. »So geht das den ganzen Tag. Wir haben noch keinen Ansatzpunkt gefunden. Ich muss gestehen, dass wir im Moment etwas ratlos sind.«

Im Zimmer beugte sich Daniel Diedrichs über den Tisch dem leeren Stuhl entgegen und fragte inbrünstig: »Herr Doktor Zwickels, glauben Sie denn, dass Sie meinen Eltern helfen können?«

Wellen

Ich komme aus dem Nichts in ein Vielleicht. Aus dunkelster Schwärze in schwarze Dunkelheit.

Um mich herum ist das Etwas. Es ist wirr, ein konturloses Wechselspiel zwischen dunkel und dunkler. Ein Traum?

Ich versuche mich zu bewegen. Wellen aus Schmerzen brechen sich zu einer schäumenden Gischt aus Pein an meiner Brust. Kein Bewegen. Kein Traum.

Bilder! Ich sitze im Auto. Dann das Chaos. Alles dreht sich. Oben ist unten, links ist rechts … Ein Unfall!

Die Erkenntnis ist eine Explosion, die die Umklammerung der Abstraktion von meinen Gedanken sprengt. Ich schüttle den Kopf und höre mich schreien.

Diese Wellen. Gewaltige Brecher. Ich weine.

Meine Augen stellen sich auf die Umgebung

ein. Der Kontakt zwischen ihnen und dem Gehirn scheint wiederhergestellt. Die visuellen Informationen werden wieder gedeutet.

Es ist dunkel um mich herum, aber nicht mehr konturlos. Ich bin eingeklemmt. Das Lenkrad hat sich an meine Brust gesaugt wie ein mutierter Blutegel. Es sieht verbogen aus.

Die Windschutzscheibe ist nicht mehr da. Der eisige Wind streift die letzten Fetzen der Benommenheit von mir ab. Ich drehe den Kopf zur Seite. Alles ist verbogen, eingedrückt. So hätte Dalí das Innere eines Autos gemalt.

Ich muss lachen.

Die Wellen kommen wieder, lassen das Lachen zum Gurgeln werden.

Vorsichtig versuche ich den rechten Arm zu heben. Er bewegt sich, wirbelt dabei aber wieder etwas auf. Neue Wellen werfen sich gegen mich. Mir wird schlecht. Ich übergebe mich auf den mutierten Blutegel, der einmal das Lenkrad war.

Und auf meine Brust.

Verdammte Schweinerei!

Ich muss mich konzentrieren. Analytisches Denken ist eine meiner Stärken, hat Elke mal gesagt. Elke. Wie herbeigezaubert tauchen weitere Erinnerungsbruchstücke auf. Ich sollte in den Supermarkt fahren und etwas für Elke besorgen. Aber was?

In einer Kurve habe ich die Kontrolle verloren.

Aber … wieso ist es dunkel? Ich weiß genau, es war früher Morgen, als ich losfuhr.

Ich sehe nach vorne aus dem Auto. Einige dünne Äste zeigen durch das Loch auf mich, scheinen mich zu verhöhnen. Seht her, da liegt er nun. Geschieht ihm recht. Er hat vergessen, was er für seine Frau besorgen sollte … Was war es?

Etwas tropft in mein linkes Auge. Es brennt. Reflexhaft hebt sich meine Hand, schneller, als die Wellen reagieren können. Es rauscht in meinen Ohren, während ich mit dem Handrücken über das Auge streiche. Dann sind sie wieder da. Brechen sich. Schäumen.

Ich schreie wieder. Mein Gesicht fühlt sich heiß an. Fieber? Mein Körper beginnt zu zittern. Neue Wellen, keine Brecher, aber dafür kontinuierlich. Fieber!

Ich glaube, ich weine wieder. Oder immer noch? Ganz vorsichtig tasten meine Finger an dem Blutegel-Lenkrad entlang. Auf meiner Brust ist alles seltsam klebrig.

Was war es nur, das ich besorgen sollte? Elke wird sauer sein. Immer heftiger schlottert mein Körper jetzt. Dort, wo die Windschutzscheibe war, bewegen sich die dünnen Äste, werden zu Schlangen, die sich züngelnd meinem Gesicht nähern. Halluzinationen? Sterbe ich?

Nein, wenn man stirbt, zieht das ganze Leben an einem vorbei. So heißt es jedenfalls.

Was war es nur, das ich besorgen sollte …?

Ich muss hier raus. Jetzt!

Ich bäume mich auf. Stemme die Füße gegen das Bodenblech. Die Wellen rollen heran, immer neue, immer höher. Sie bringen etwas mit sich. Einen Speer, der wie ein Surfer auf den Schaumkronen reitet. Dann ein irrer Stich.

Mein ganzes Leben zieht an mir vorbei.

Feuerland

Der Arbeitstag lag hinter mir, und ich nahm wie immer die Abkürzung durch den Stadtpark.

Ich kann nicht sagen, warum die hölzerne Parkbank mich ausgerechnet an diesem Tag stumm dazu einlud, mich für einen Moment zu setzen. Bisher hatte ich sie kaum wahrgenommen. Bestenfalls als verwittertes Standardrequisit, wie es in jedem Park zu finden ist.

Gerade beugte ich mich über die Armlehne, um meine Tasche neben der Bank im Gras abzustellen, als jemand neben mir fragte: »Entschuldigen Sie bitte, dürfen wir uns für einen Moment zu Ihnen setzen?«

Überrascht sah ich auf und blickte in die Gesichter eines älteren Paars, das weit über siebzig zu sein schien. Die beiden standen eng umschlungen vor mir, und während er mir ein Lächeln schenkte, das mich angenehm warm berührte, streichelte er ihr zärtlich mit der Rückseite des Zeigefingers über die faltige Wange. Das Ungewohnte dieses Anblicks ließ mich einen Moment zögern, doch schließlich nickte ich und rutschte ans äußere Ende der Bank. »Ja, bitte, nehmen Sie Platz.«

»Haben Sie vielen Dank«, sagte er und half ihr dabei, sich langsam auf die Sitzfläche niederzulassen. Dann setzte er sich neben sie, legte ihr wieder den Arm um die Schulter und zog sie dicht zu sich heran. Mit der freien Hand strich er ihr über das schneeweiße Haar. Erst da bemerkte ich, dass ich die beiden unentwegt anstarrte. Auch dem älteren Herrn war das nicht entgangen. Schnell drehte ich den Kopf zur Seite.

»Junger Mann, wir scheinen Ihr Interesse geweckt zu haben. Das ist schön. Wir freuen uns immer, wenn junge Menschen sich für uns interessieren.«

Ich spürte, wie sich die Röte über mein Gesicht zog, als ich ihn wieder ansah.

»Entschuldigen Sie bitte«, sagte ich. »Man sieht selten ein Paar in Ihrem Alter, das noch so zärtlich miteinander umgeht.«

Nun beugte sie sich etwas nach vorne, so dass sie mich an ihm vorbei ansehen konnte. Ihr Lächeln war ebenso warmherzig wie seines. »Wir leben in Feuerland«, sagte sie, dann lehnte sie sich wieder zurück und ließ sich von ihm weiter das Haar streicheln.

»Sie leben in Feuerland?«, fragte ich verblüfft. »Das ist sehr weit weg. Machen Sie hier Urlaub?«

Er lächelte nachsichtig. »Nein, nein. Wir wohnen hier in der Stadt, aber wir leben in Feuerland.«

Ich sah auf meine ausgestreckten Beine und versuchte zu verstehen, was er meinte. Es gelang mir nicht.

»Entschuldigen Sie, das war jetzt ein bisschen verwirrend. Ich erkläre es Ihnen gerne, wenn Sie möchten.«

Ich nickte. Er gab ihr lächelnd einen Kuss auf die Stirn, dann fing er an zu erzählen: »Wissen Sie, woher der Name Feuerland kommt? *Tierra del Fuego* – Land des Feuers. Er stammt von den vielen Feuerstellen, die von Seefahrern entlang der Küste beobachtet wurden. Die Indianer benutzten die Feuerstellen als lebensnotwendige Wärmequelle. Das haben wir zum Leitbild unserer Ehe gemacht, als wir vor zweiundfünfzig Jahren geheiratet haben. Wir haben ein Feuer angezündet, an dem wir uns wärmen können, das uns jederzeit Kraft und Leben spendet. Immer dann, wenn wir merkten, dass die Flammen niedriger wurden, legte einer von uns beiden ein Scheit nach. Es gab einige Stürme in unserem Leben, und heftiger Regen versuchte unser Feuer zu löschen, aber wir haben stets darauf geachtet und es vor allen Einflüssen beschützt. Die Flammen sind nie erloschen, weil wir nie vergessen haben, dass wir in Feuerland leben.

Und immer, wenn wir Menschen treffen, die so aussehen, als hätten sie ihr Feuer irgendwann ausgehen lassen, erzählen wir ihnen unsere Geschichte.«

»Denken Sie das über mich? Wie kommen Sie darauf?«

Nun beugte sich die ältere Frau wieder lächelnd nach vorne. »Hätten Sie sich sonst über uns gewundert?«

Als ich nach Hause kam, ging ich zu Tanja in die Küche, umschlang sie von hinten und küsste sie in den Nacken. Sie drehte sich um und sah mich überrascht an. Ich nahm sie in den Arm und gab ihr einen langen, zarten Kuss.

»Was ist denn mit dir los? Und … und wo warst du so lange?«

»Ich war in Feuerland«, sagte ich. »Kennst du Feuerland?«

Der Tanz

Iris stellte das halbvolle Weinglas auf dem Tisch ab, drehte es an dem dünnen Stiel einmal um die eigene Achse und widmete ihre Aufmerksamkeit dann einem Brotkrümel, der einige Zentimeter neben ihrem Unterarm lag. Mit dem Zeigefinger versetzte sie ihm kleine Stöße und lenkte ihn so in einer ungleichmäßigen Runde um den Boden des Glases.

Welch geschickte Hände ich doch habe, dachte sie und lehnte sich mit einem Lächeln zurück, in dem nur ein wirklich geschulter Beobachter einen Anflug von Verbitterung hätte feststellen können.

Die Tanzfläche hatte sich etwas geleert, seit die dreiköpfige Band zu ruhigerer Musik übergegangen war. Das Hochzeitspaar hatte sich schon eine Stunde zuvor verabschiedet. Mitternacht wäre eine gute Zeit, sich zurückzuziehen, hatte Hans den Gästen erklärt und mit einem Augenzwinkern hinzugefügt, er wolle nun endlich herausfinden, welche Kleidergröße seine frischgebackene Ehefrau eigentlich habe.

Bei dem Gedanken an Hans huschte wieder ein Lächeln über ihr Gesicht. Dieses Mal reiner, herzlicher – ehrlicher.

Hans Gerber war ihr bisher einziger Kandidat gewesen in der großen Show: *Wer führt Iris zum Traualtar?*

Leider konnte er die Höchstpunktzahl nicht erreichen, weil er sich kurz vor der Masterfrage aus dem Staub gemacht hatte. Sie trug es ihm nicht nach, konnte ihn letztendlich sogar verstehen.

Nun versuchte er herauszufinden, welche Kleidergröße seine Beate hatte.

Falsche Reihenfolge, Hänschen. Wenn das stimmt, hast du die Katze im Sack gekauft. Na ja – ich wünsche dir jedenfalls, dass sie ein Schmusekätzchen ist. Du brauchst es, und du hast es auch verdient. Das Jahr mit mir war … Ich glaube, ich kann noch ein Schlückchen Wein vertragen.

Als sie das nun fast leere Glas wieder abstellte und aufsah, stand ein Mann an ihrem Tisch. Die Jacke seines grauen Anzugs war geöffnet, darunter trug er kein Hemd mit Krawatte, sondern ein Shirt in der gleichen Farbe. Sein leicht gebräuntes Gesicht wies an den Wangenknochen diese harten, männlichen Kanten auf, die sie schon als Teenager unwiderstehlich gefunden hatte. Und es lächelte sie an, dieses Gesicht. Offen und herzlich. Wie ein Fächer zeichneten sich dabei kleine Fältchen an den Augenwinkeln ab.

Ein Gott von einem Mann. Es ist zum Heulen. Du bist wahnsinnig attraktiv, mein Adonis, aber du wirst in ein paar Minuten eine böse Enttäuschung erleben.

»Entschuldigen Sie bitte, ich möchte mich Ihnen nicht aufdrängen, aber ich habe gesehen, dass Sie hier alleine …«

»Ihr Mitgefühl ehrt Sie, aber ich bin nicht alleine. Meine Freunde sind gerade auf der Tanzfläche und werden gleich wiederkommen.«

Sie sagte es nicht feindselig. Auch nicht aggressiv. Es war eher eine Feststellung. Ruhig, sachlich, aber bestimmt.

Die Fältchen verschwanden nicht, als er noch einmal ansetzte: »Ich meinte, dass ich die Gelegenheit nutzen wollte, Sie anzusprechen, wenn Ihre Freunde nicht am Tisch sind. Darf ich mich zu Ihnen setzen?«

Iris musste grinsen. Auch wenn sie wusste, was bald kommen würde – sie konnte es ihm einfach nicht abschlagen und nickte, scheinbar geschlagen.

Er rückte sich den Stuhl ihr gegenüber zurecht, setzte sich hin und streckte ihr die Hand über den Tisch entgegen.

»Mein Name ist Andreas Bergmann, und ich bin von Ihnen fasziniert.«

Sein Lächeln war so offen, so jungenhaft. Wirklich zum Verlieben. Einige Jahre zuvor wäre sie in einer solchen Situation noch errötet. Sie ergriff seine Hand und genoss den kräftigen, aber nicht zu festen Druck.

»Iris Stein. Freut mich, Sie kennenzulernen. Zu welcher Seite gehören Sie? Hans oder Beate?«

Er zog eine Augenbraue hoch. »Weder noch. Wer sind überhaupt Hans und Beate?«

Iris stieß ein Lachen aus und schüttelte den Kopf. »Na, das Brautpaar. Wenn Sie die beiden nicht kennen, was tun Sie dann auf ihrer Hochzeit?«

Sein Gesicht wurde ernster, als er ihr nun tief in die Augen sah.

»Ich bin nicht eingeladen, sondern habe mich einfach unter die Gäste gemischt. Ich bin Ihretwegen hier.«

Ihr Lachen wich einem Ausdruck ehrlicher Verblüffung. »Sie sind … was?«

»Ich bin Ihretwegen hier. Seit ich Sie vor drei Tagen zum ersten Mal gesehen habe, kann ich mich auf nichts anderes mehr konzentrieren. Ständig habe ich Ihr Bild vor Augen. Es ist schlimm. Ich glaube, ich habe mich in Sie verliebt.«

Schade. Gerade habe ich angefangen, dich richtig zu mögen, obwohl ich weiß, dass nichts daraus wird. Aber jetzt kommst du mir mit dieser wirklich abgehalfterten Masche. Wir werden das Verfahren etwas abkürzen müssen.

Erst jetzt fiel ihr auf, dass sie sich immer noch die Hand hielten. Mit einem Ruck zog sie ihre zurück und sah ihn dann ernst an. »Hören Sie, Herr Bergmann, Sie müssen …«

»Bitte tanzen Sie mit mir.«

Sie zuckte einen kurzen Moment, dann schüttelte sie den Kopf und begann noch einmal: »Das trifft das Thema hervorragend. Sie werden enttäuscht sein, aber Sie sollten wissen, dass …«

»Ich weiß alles, was ich wissen muss, Iris. Tanzen Sie mit mir.«

»Nun lassen Sie mich doch endlich ausreden, verdammt. Ich kann nicht …«

»Sie können.« Er stand auf und kam um den Tisch herum auf sie zu.

»Ich bin Assistenzarzt am hiesigen Krankenhaus. Dort habe ich Sie gesehen, als Sie bei Dr. Ganter waren, und ich habe mich auf Anhieb in Sie verliebt. Seitdem habe ich Himmel und Hölle in Bewegung gesetzt, um eine Gelegenheit zu finden, Sie kennenzulernen. Das ist nun die Gelegenheit, und Sie werden mich nicht abwimmeln können, bevor Sie mit mir getanzt haben.«

Nun stand er vor ihr, und Iris sah mit offenem Mund zu ihm auf, zu keiner Entgegnung fähig. Langsam beugte er sich zu ihr herunter und schob ihren Stuhl ein Stück zurück. Er nahm ihre Arme und legte sie sich um den Hals. Dann schob er seinen rechten

Arm unter ihre gefühllosen, gelähmten Beine und hob sie sachte an.

So trug er sie zur Tanzfläche.

Dann tanzte er mit ihr.

Wie aus heiterem Himmel

Während Werner seitlich am Haus vorbeiging, dachte er darüber nach, wie leichtsinnig es doch von Elisabeth war, die Terrassentür im Sommer den ganzen Tag offen stehen zu lassen. Er empfand es zwar als praktisch, nicht erst den Hausschlüssel herauskramen zu müssen, wenn er nach Hause kam, aber unvorsichtig war es trotzdem. Er nahm sich vor, seine Frau darauf anzusprechen.

Froh, zu Hause zu sein, ging er über die Terrasse und betrat das Wohnzimmer. Elisabeth saß mit einem Buch in ihrem Lieblingssessel neben der großen Stehlampe. Werner strahlte seine Frau an. »Hallo, Schatz.«

Ihr Kopf flog zu ihm herum, sie stieß einen Schrei aus. Das Buch fiel zu Boden und langsam, wie in Zeitlupe, legte sie sich die Hand auf den Mund und starrte ihn mit aufgerissenen Augen an.

»O Liebling, tut mir leid, wenn ich dich erschreckt

habe«, sagte Werner schnell und ging auf sie zu, um sie tröstend in den Arm zu nehmen. Doch als er sie fast erreicht hatte, hob sie abwehrend beide Arme und drückte sich tiefer in den Sessel.

»Nein, nicht, bitte …« Es klang wie das Jammern eines kleinen Kindes. Werner sah, wie eine einzelne Träne über ihre Wange rann, und blieb verwirrt stehen. »Aber was ist denn los? Ich weiß nicht …«

»Nicht, bitte nicht, bitte!« Elisabeths Körper krümmte sich wie unter Schmerzen zusammen. Werner war vollkommen verwirrt. Irgendetwas war mit seiner Frau geschehen. Etwas Fürchterliches. Er wusste nicht, wie er sich verhalten sollte. Ganz langsam versuchte er, sich ihr zu nähern, doch sie begann sofort zu wimmern.

Werner blieb stocksteif stehen. Seine Gedanken rasten. Was war hier geschehen? War Elisabeth vielleicht überfallen worden? Die offene Terrassentür …

Mit sanfter Stimme sprach er sie an. »Schatz, ich bin es, Werner. Dein Mann. Du brauchst keine Angst zu haben. Es ist niemand hier, der dir etwas tut. Sieh mich doch bitte an.«

Sie reagierte nicht.

»Was ist passiert?«, versuchte er es weiter geduldig. »Sprich doch bitte mit mir.«

Endlich hob sie ganz langsam den Kopf und sah ihn ängstlich an. Ihr Gesicht schien um Jahre gealtert. »Bitte, tu mir nichts. Bitte.«

Hilflosigkeit machte sich in ihm breit. Seine Frau hatte den Verstand verloren. Einfach so. Er hatte keine Ahnung, was er tun sollte, um ihr zu helfen.

Ein Arzt. Ja, er musste einen Arzt anrufen.

Suchend blickte er sich um. Er hatte vergessen, wo das Telefon stand. Die Aufregung …

Wieder wandte er sich ihr zu, sprach mit ruhiger Stimme auf sie ein. »Elisabeth, ich weiß nicht, was mit dir los ist, aber ich werde jetzt einen Arzt anrufen, ja? Ich muss nur schnell das Telefon finden. Bleib ganz ruhig, es wird nicht lange dauern.«

Er machte zwei vorsichtige Schritte rückwärts, bevor er sich hastig umdrehte und mit der Suche nach dem Telefon begann. Im Wohnzimmer konnte er es nicht finden, auch nicht im Flur. Er stieß die Tür zur Küche auf und stürmte panisch hinein. Nichts.

Wo war dieses verdammte Teil? Seine Bewegungen wurden immer hektischer. Etwas fiel klirrend hinter ihm zu Boden. Er stieß einen Fluch aus. Plötzlich war er wütend. Schweiß brach ihm aus allen Poren. »Verdammt, ich kann das Scheißtelefon nicht finden. Verdammt, verdammt.« Er brüllte so laut, dass Elisabeth es nebenan hören musste. Er rannte zurück ins Wohnzimmer.

»Elisabeth …« Hastig atmend blieb er vor ihr stehen. »Ich brauche jetzt das Telefon.« Ohne den Blick von ihm zu wenden, griff sie neben sich zu dem kleinen Tisch und hielt ihm mit zitternder Hand das

Mobilteil hin. Als er es ihr aus der Hand riss, zog sie den Arm schnell wieder zurück.

Dann flüsterte sie: »Dr. Meissler.«

»Was?« Werner fühlte sich mit der Situation vollkommen überfordert. Tausend Nadeln stachen in seine Stirn, der Schweiß rann ihm den Rücken hinab. Erneut tastete Elisabeths Hand über den Tisch, dann hielt sie ihm das Telefonbuch entgegen. »Dr. Meissler«, wiederholte sie, immer noch flüsternd.

Werner ließ sich auf die Knie fallen, warf das Telefonbuch vor sich auf den Boden und blätterte schnell die dünnen Seiten durch. Mit ratschendem Geräusch zerriss Seite um Seite … er bemerkte es nicht. Endlich hatte er die richtige Stelle gefunden.

»Verdammter Mist. Warum müssen die alles so scheißklein schreiben?« Hastig wählte er die Nummer, vertippte sich und musste wieder von vorne beginnen. Als sich eine Männerstimme am anderen Ende meldete, schrie er ins Telefon: »Dr. Meissler? Sind Sie Dr. Meissler? Antworten Sie, verdammt nochmal.«

»Ja, hier spricht Dr. Meissler.«

»Kommen Sie sofort. Meine Frau ist völlig durchgedreht. Sie müssen sofort kommen, hören Sie. Werner Büchler ist mein Name. Gartenweg zwölf.«

Einige Sekunden herrschte Stille, dann sagte die Stimme: »Beruhigen Sie sich bitte. Wir kommen sofort.«

Werner warf das Telefon achtlos zur Seite, stand auf und ging auf Elisabeth zu. Dieses Mal blieb er jedoch nicht stehen, als sie wimmerte. Er fasste sie an den Schultern, schüttelte sie heftig und brüllte sie an: »Sei jetzt still! Hörst du, Elisabeth? Sei endlich still! Dein Gejammer macht mich wahnsinnig.« Es war, als würde er sich selbst in Rage brüllen. Immer heftiger schüttelte er seine Frau. Ihr Kopf flog hin und her wie bei einer Puppe.

Plötzlich hörte er auf, ließ sie erschrocken los und starrte sie an. Was tat er da? Er war völlig kopflos. Er würde auch bald durchdrehen. Er wandte sich ab und lief in den Flur. Setzte sich auf den Boden und vergrub das Gesicht in den Händen. Weinte.

»Sie haben Glück gehabt, Frau Büchler«, sagte Dr. Meissler zwanzig Minuten später.

Sie blickte zu den beiden Pflegern, die ihrem Mann eine Decke über den nackten Oberkörper legten und seine heruntergerutschte Schlafanzughose hochzogen. Der Arzt folgte ihrem Blick und legte ihr eine Hand auf die bebenden Schultern. »Ich weiß nicht, wie das geschehen konnte. Die geschlossene Abteilung ist eigentlich sehr gut abgesichert. Dass er wieder hierher gekommen ist, nach vier Jahren. Unglaublich. Wie hat er das geschafft?«

»Ich … weiß nicht. Plötzlich stand er da«, flüsterte sie. »Wie aus heiterem Himmel.«

Rund ist die Welt

Bevor Felix das Haus verließ, sah er sich noch einmal um.

Sein Blick blieb mehrere Sekunden lang an den vertrauten Gegenständen hängen, und ihm war bewusst, dass er das alles nun zum letzten Mal sah. Die alte Kommode mit den verzierten goldenen Griffen, die sich anfühlten wie gedrehte Lakritzstangen. Seinen Hausschlüssel auf der Ablage, den er nun nicht mehr brauchen würde. Die große Vase daneben, an deren Rand ein Dreieck herausgebrochen war, als Felix sie im Jahr zuvor umgeworfen hatte. Die gebogenen Haken der Garderobe, die aussahen wie kleine schwarze Elefantenrüssel … Er riss sich von dem Bild los und verließ das Haus. Die Sonne stand schon so tief, dass sie direkt in seine Augen schien und ihn blendete.

Als er das Gartentor hinter sich geschlossen hatte und losmarschierte, musste er schon nach wenigen

Metern die Sporttasche mit der anderen Hand tragen, weil der dünne Griff ihm in die Handfläche schnitt. Vielleicht hatte er sie doch zu voll gepackt? Aber es befand sich wirklich nichts darin, worauf er hätte verzichten können. Zwei Flaschen Waldmeisterlimonade waren bestimmt nicht zu viel als Durstlöscher für die erste Zeit.

Klar, der Orangensaft in der Pappverpackung wäre leichter gewesen als die Glasflaschen mit der Limonade, aber Felix hasste diese ekligen kleinen Bröckchen, von denen immer so viele in dem Saft herumschwammen. Und obwohl seine Mutter das genau wusste, kaufte sie den blöden Saft doch immer wieder.

Auf ihn wurde sowieso nie Rücksicht genommen. Immer musste alles so gemacht werden, wie Mama und Papa das sagten, obwohl Felix sich absolut sicher war, dass es viele Dinge gab, die er einfach besser wusste. Aber damit war ja jetzt sowieso Schluss. Wie sagte Papa immer: *Wer nicht hören will, muss fühlen!*

Die drei Tafeln Schokolade aus dem Küchenschrank oben rechts hatte er vorsichtshalber in eine Plastikdose gelegt, damit sie in der engen Tasche nicht zerdrückt wurden. Damit war die Verpflegung auch erst mal gesichert.

Dann gab es da noch einige Kleinigkeiten, die er unbedingt brauchte. Das Schweizer Messer zum Beispiel, ein Kommunionsgeschenk von Onkel Günther. Das würde ihm gute Dienste leisten, wenn er sich Äste für ein Lagerfeuer schneiden musste. Oder wenn er einen Hasen gejagt oder einen Fisch gefangen hatte. An eine Angelschnur mit Haken hatte er natürlich auch gedacht. Papa würde fuchsteufelswild werden, wenn er bemerkte, dass auf der neuen Spule seiner Angel keine Schnur mehr war.

Aber das war jetzt egal. Sollte er doch wütend werden. Felix war so oft wütend geworden, und niemand hatte sich darum geschert. Er war ja nur ein Kind.

Aber er war kein Kind mehr. Und wenn schon, dann war er ein großes Kind. Mit seinen zehn Jahren wusste Felix schon ganz genau, was er wollte. Vor allen Dingen wusste er, was er nicht wollte. Er wollte keine Angst mehr haben, wenn er im Diktat eine Sechs kassiert hatte. So wie an diesem Morgen.

Während ihm die viel zu schwere Tasche beim Gehen immer wieder gegen die Beine schlug, sah er das Bild seines Vaters deutlich vor sich, wie er mit rotem Kopf vor ihm stehen und mit dem Klassenarbeitsheft wild vor seiner Nase herumwedeln würde.

Wie oft soll ich dir noch sagen, dass das, was du jetzt tust, für dein ganzes Leben wichtig ist, würde er brüllen. *Möchtest du später vielleicht die Straße kehren, weil du zu faul warst, für die Schule zu lernen? Nimm dir einmal ein Beispiel an mir. Mir hat man auch nichts geschenkt. Ich habe von klein auf hart gearbeitet. Aber du denkst, es geht alles von selbst. Ich kann dir sagen, woran das liegt: Du bist zu verwöhnt. Aber das werden wir ändern. Ab jetzt hast du Hausarrest, und zwar so lange, bis deine Noten besser werden. Basta.*

Das würde sein Vater sagen. Wie jedes Mal, wenn Felix eine Fünf oder Sechs in Deutsch hatte.

Dann würde er tagelang nach der Schule alleine in seinem Zimmer sitzen müssen, die Schulbücher auf dem kleinen Schreibtisch verteilt. Ab und zu würde die Tür aufgehen, und Mama brächte ihm ein Glas Orangensaft mit Bröckchen darin. Aber was sollte er tun? Wie konnte er für Deutsch lernen – alleine?

Einmal hatte Papa zum Lehrer gemusst. Felix durfte nicht mitgehen, und Papa hatte ihm auch nicht gesagt, worüber geredet worden war. Abends hatte Felix nur gehört, wie Papa in der Küche zu Mama sagte, dass er diesen Quatsch von – das Wort hatte Felix nicht verstanden – nicht glauben würde. Sein Sohn wäre nicht krank im Kopf, sondern nur zu faul. Nicht auszudenken, wenn die Kollegen erfahren würden, dass sein Sohn – wieder dieses Wort – war. Diese Blamage, sein Sohn. Womöglich würde noch jemand denken, das hätte er von ihm geerbt.

Na ja, manchmal war Papa ja auch ganz anders. Wenn er besonders gut gelaunt war, sagte er oft: *Rund ist die Welt, bunt ist die Welt.*

Felix wusste nicht genau, was sein Vater damit meinte, aber es hörte sich nach Abenteuer an. Es hörte sich an, als gäbe es da draußen mehr Spaß als zu Hause.

Er verzog das Gesicht, als der Hals einer Waldmeisterlimonadenflasche ihn durch den dünnen Stoff der Tasche am Knie traf.

Felix setzte sein Gepäck ab, öffnete den Reißverschluss und wickelte eine Flasche in sein rotes T-Shirt, die andere in die nachgemachte Jeanshose.

Mama kaufte ihm immer nur diese nachgemachten Jeans. Die echten, die von den richtigen Firmen, waren viel zu teuer für jemanden, der noch alle paar Monate aus den Kleidern wächst, hatte sie gesagt. Felix fragte sich, warum nur die anderen Eltern ihre Kinder lieb genug hatten, um ihnen echte Jeans zu kaufen. Wahrscheinlich, weil die nicht so schlechte Noten hatten. Aber darüber wollte er sich keine Gedanken mehr machen. Das war jetzt sowieso egal. Er war nun auf sich gestellt.

Felix zog den Reißverschluss zu und nahm die Tasche mit Schwung wieder auf. Er war auf dem Weg in ein neues Leben.

Rund ist die Welt, bunt ist die Welt.

Er war schon ein gutes Stück von zu Hause weg. Bis zu dem kleinen Waldstück, wo er mit Tom und Pit einmal mit den Fahrrädern gewesen war, brauchte er zu Fuß nur etwa eine halbe Stunde. Dort würde er sich das erste Nachtlager einrichten. Er würde sich ein Feuer machen und so lange wach bleiben, wie er

Lust hatte. Am nächsten Tag würde er weiterziehen. Wohin genau, das wusste er noch nicht, aber er hatte ja alle Zeit der Welt. Er brauchte ja ab jetzt nicht mehr zur Schule zu gehen und auch sonst nichts mehr zu tun, worauf er keine Lust hatte. Nie wieder.

Auf Felix' Gesicht zeigte sich ein Lächeln. Nie wieder.

Rund ist die Welt, bunt ist die Welt.

Als er das Wäldchen am Stadtrand erreichte, war die Sonne längst untergegangen, und das Tageslicht wurde langsam schwächer. Felix duckte sich unter den weit herabhängenden Zweigen der vorderen Bäume hindurch. Dabei musste er sich gleichzeitig durch das Gestrüpp am Boden kämpfen, was in gebückter Haltung mit der schweren Tasche gar nicht so einfach war.

Als er ein Stück in den Wald vorgedrungen war, fand er einen schönen Platz. Der Boden dort war dicht mit Laub bedeckt, und an zwei Seiten wurde die Lichtung durch große Steine eingegrenzt. Er stellte seine Tasche ab und begann, Äste vom Boden aufzusammeln. Dabei kam er sich ein bisschen vor wie Robinson Crusoe auf seiner einsamen Insel.

Felix saß am knisternden Feuer und schaute den Flammen bei ihren züngelnden Spielen zu. Um ihn herum wurde es langsam dunkel, und mit dem Schwinden des Tageslichts schwand auch die Freude über die neu gewonnene Freiheit. Von überall hörte er seltsame Geräusche. Es knackte und raschelte, rauschte und fiepte, und er hatte keine Ahnung, woher diese Geräusche kamen. Immer wieder sah er sich um, konnte aber in der Dunkelheit nichts erkennen.

Plötzlich knackte es direkt neben ihm laut, und Felix fuhr erschrocken zusammen. Da stand ein Mann vor ihm, und dieser Mann sah wirklich zum Fürchten aus. Er war alt. Die langen Haare sahen dünn und strähnig aus, und das Gesicht war fast völlig mit einem dichten, struppigen Bart bedeckt. Der schmutzige, an der Schulter eingerissene Mantel verströmte einen komischen Geruch. Felix saß da wie versteinert und starrte den Mann einfach nur an.

Der warf einen Blick auf Felix' geöffnete Tasche und die danebenliegende Limonadenflasche und die Schokolade. Da verzog sich der Bart, und ein freundliches Lächeln machte sich auf dem faltigen Gesicht darunter breit.

»Guten Abend, junger Mann. Ich nehme an, du bist auf Wanderschaft, so wie ich. Darf ich mich zu dir an dein Feuer setzen?« Felix nickte langsam, ohne das bärtige Gesicht dabei aus den Augen zu lassen.

Der Alte setzte sich ächzend neben ihn und dabei sah Felix, dass auch er eine Tasche dabeihatte. Oder jedenfalls so etwas Ähnliches. Es war eher eine große Plastiktüte, die er nun neben Felix' Sporttasche abstellte und dann öffnete. Er kramte darin herum und zerrte eine Papiertüte heraus. So eine, wie man sie immer beim Bäcker oder beim Metzger bekam.

Immer noch lächelnd zog er ein belegtes Brötchen aus der Tüte und hielt es Felix hin. Als der zögerte, sagte er freundlich: »Du kannst es ruhig nehmen. Es ist frisch von heute Morgen, und ich habe noch eines. Da ist leckere Wurst drauf. Nimm nur.«

Geduldig hielt er Felix das Brötchen hin, bis dieser schließlich seine Angst überwand und zugriff.

Es schmeckte wirklich köstlich.

Der Alte nickte. »So ist es gut. Ich heiße Johann. Und du?«

»Felix«, antwortete er mit vollem Mund.

»Felix, soso. Du bist also auf Wanderschaft. Von zu Hause weggelaufen?«

Felix nickte kauend. Der erste Schreck war verflogen, und eigentlich war er froh, dass er nicht mehr alleine hier im Wald war. Johann war ein Landstreicher, der würde ihn nicht nach Hause schicken. Außerdem schien er nett zu sein.

»Ich weiß, es ist eine sehr persönliche Frage, aber ich würde gerne wissen, warum du weggelaufen bist.«

Felix wog einen Moment das Für und Wider ab und kam zu dem Schluss, dass er mit Johann reden konnte.

»Weil ich in Deutsch so schlecht bin. Und noch

wegen ein paar anderen Sachen, aber hauptsächlich wegen Deutsch.«

»Du bist schlecht in Deutsch? Das möchte ich aber genauer wissen. Ich war nämlich vor langer Zeit einmal Lehrer, musst du wissen, bevor …« Sekundenlang starrte der Alte in das Feuer, dann schüttelte er den Kopf. »Ist ja auch egal. Also erzähl mal.«

Und Felix erzählte.

Knappe zwei Stunden später drückte er auf den Klingelknopf neben ihrer Haustür. Als sein Papa die Tür öffnete und Felix dort stehen sah, wurden seine Augen groß.

»Felix, Junge, mein Gott, da bist du ja. Wir haben uns solche Sorgen gemacht!«

Er drehte sich um und rief ins Haus: »Der Junge ist da! Felix ist da!«

Dann sah er ihn wieder an, und die Erleichterung auf seinem Gesicht veränderte sich zu einem Ausdruck, den Felix nur zu gut kannte.

»Was denkst du dir …«

»Hallo Papa«, fiel er seinem Vater ins Wort. »Ich wollte eigentlich weglaufen, aber das ist kindisch, und dazu bin ich eigentlich schon zu alt. Ich glaube, es ist viel besser, wenn wir uns jetzt über meine, ähm … Legst … Legasthenie unterhalten. Dagegen kann man nämlich etwas tun, und wenn du das nicht möchtest, ist das gar nicht schlimm. Ich habe einen ganz netten Mann kennengelernt, und der hat mir gesagt, wo dieses Amt ist. Da sind die Leute, die sich um Kinder kümmern, die von ihren Eltern nicht unterstützt werden. Und die helfen mir dann, wenn du mir nicht helfen möchtest. Und der Rektor meiner Schule hilft mir bestimmt auch, wenn ich ihm sage, dass ich Legasthenie habe. Der nette Mann hat gesagt, es wäre doch schade, wenn ich später die Straße fegen muss, nur weil mein Papa zu stolz war, um mir zu helfen.«

Sein Vater sah ihn einige Sekunden verblüfft an, dann machte er einen Schritt auf ihn zu und nahm ihn wortlos, aber lächelnd in den Arm.

Rund ist die Welt, bunt ist die Welt.

Die Begegnung (Rund ist die Welt II)

Johann schlurfte die Straße entlang, die aus der Stadt führte. Hin und wieder gab der Plastiksack, lustlos gehalten von seiner kraftlosen rechten Hand, mit einem kratzend-klagenden Geräusch einen weiteren Fetzen seiner Unterseite an den Bodenbelag ab. Dann hob er den Arm erschrocken wieder etwas an. Bis zum nächsten Fetzen.

Johann war nicht wirklich alt. Er fühlte sich nur alt. Und sah wahrscheinlich auch so aus. Wie viele Tage waren vergangen, seit er zum letzten Mal in einen Spiegel gesehen hatte? Er wusste es nicht. Es war ihm auch egal.

Eine Fliege schwirrte um seinen Kopf, drehte unbehelligt wie auf einer unsichtbaren Miniaturachterbahn Loopings vor seiner Nase, um sich dann mit einem summenden Scheinangriff gegen seine Augen zu verabschieden. *Ich komme wieder*, schien diese Attacke ihm zu sagen. Sollte sie.

Die Sonne stand schon tief und warf ihm ihre noch immer kräftigen Strahlen fast waagerecht gegen den Rücken. Der schmutzige Mantel, von den knochigen Schultern gehalten wie von einem zu kleinen Drahtkleiderbügel, war viel zu warm für diese Temperaturen, aber in ein paar Stunden würde er froh sein, ihn zu haben. Nachts kühlte es nun immer deutlicher ab. Der Sommer packte allmählich zusammen. Er würde wahrscheinlich wiederkommen, aber bis dahin galt es, seinen frostigen Kollegen zu überleben. Die eisigen Winternächte auf der Straße waren ein ständiger Kampf, ein sich Nacht für Nacht Wehren gegen die vor Gier nach allem Lebenden gekrümmten Klauen des Todes.

Die Fliege kam wieder und setzte sich in seinen verfilzten Bart. Wahrscheinlich war sie auf der Suche nach Essensresten.

Johann dachte daran, dass er den ganzen Tag noch nichts gegessen hatte. In dem Plastiksack steckte eine Tüte mit zwei belegten Brötchen. Er hatte sie an diesem Morgen von dem Geld gekauft, das Passanten ihm mit vielsagenden Blicken in das Unterteil einer alten Zigarrenkiste geworfen hatten.

Die Verkäuferin in der Bäckerei wollte ihn erst gar nicht bedienen. Er musste ihr nicht nur zeigen, dass er das Geld für die Brötchen hatte, sondern es ihr schon im Voraus geben. Sie kenne diese Brüder, hatte sie zu einer alten Frau gesagt, während sie damit begann, die Brötchen zu belegen. Johann spürte den Blick der alten Frau, der ihm sagte, er solle sich was schämen.

Manchmal, in Momenten wie diesen, schämte er sich tatsächlich noch. Nicht vor der alten Frau. Auch nicht vor der Verkäuferin. Er schämte sich vor dem, der er einmal gewesen war, weil er es wortlos hinnahm, so behandelt zu werden.

Johann erreichte den Wald, der ihn in den letzten Nächten barmherzig aufgenommen hatte. Hinter ihm senkten sich die mit dunkelroten Blättern besetzten Äste wie ein Vorhang. Die Vorstellung des Lumpentheaters war für heute beendet. Der Hauptdarsteller zog sich in seine Garderobe zurück und wollte nicht mehr gestört werden.

Als er seinen Platz erreichte, eine kleine, weiche Laub-Insel inmitten des dichten Unterholzes, kniff er die Augen zusammen, als könne er dadurch besser sehen. In einiger Entfernung zuckte nervös ein schwaches Licht um die Bäume, schien die alten Stämme mit jugendlichem Übermut zu necken.

Langsam ließ Johann den Plastiksack zu Boden gleiten und schlich näher heran.

Ein kleiner Junge saß alleine vor den züngelnden Flammen seines Lagerfeuers. Er mochte neun, vielleicht zehn Jahre alt sein. Jedenfalls war er zu jung, um in der Dunkelheit alleine im Wald zu sitzen. Immer wieder wanderte sein Blick suchend umher, strich über die Baumstämme. Es sah aus, als versuche er die dichter werdende Dunkelheit zu durchdringen. Der Feuerschein spiegelte sich auf dem glatten Kindergesicht und ließ es wie im Fieber rötlich glänzen.

Reglos stand Johann hinter dem breiten Stamm, der ihn davor schützte, von dem Kind gesehen zu werden. Er atmete flach und leise, fast andächtig angesichts der Aura aus unschuldiger Angst, die den Jungen umgab. Dann fuhr ein Ruck durch seinen ausgemergelten Körper.

Was ging ihn dieses Kind an? Hatte er nicht genug mit sich selbst zu tun? Der Junge würde sowieso vor ihm weglaufen. Er würde erzählen, dass eine zerlumpte Gestalt ihm im Wald aufgelauert hatte, und dann würden sie nach ihm suchen. Sie würden ihm nicht glauben, dass er helfen wollte. Man kennt ja diese Brüder …

Leise wandte Johann sich ab und schlich zu seinem Platz zurück. Dort setzte er sich neben seinen Plastiksack auf den Boden. Dabei achtete er darauf, mit dem Rücken zum Feuerschein zu sitzen. Er wollte nichts mehr davon sehen.

So saß er einige Zeit da und brütete dumpf vor sich hin, als sich eine längst vergessen geglaubte Stimme in seinem Inneren meldete und ihm die schlichte Frage stellte, ob er noch einmal versagen wollte. Sonst nichts. Nur diese eine, schwerwiegende Frage.

Er erkannte die Stimme sofort, auch wenn er sie schon lange nicht mehr gehört hatte. Sie gehörte zu Studiendirektor Johann Gelberg, Deutschlehrer am örtlichen Gymnasium. Klassenlehrer der 6b. Johann Gelberg, der während einer Klassenfahrt seine Aufsichtspflicht verletzt und dadurch den Tod eines zwölfjährigen Jungen verschuldet hatte.

Wie eine Geistererscheinung schälte sich die Szene aus der Dunkelheit, die auch das Leben des Studiendirektors beendet hatte.

David war über ein Brückengeländer geklettert. Eine kleine Mutprobe, während sein Lehrer fünfzig Meter weiter in einem Biergarten saß und sich ein kühles Weißbier schmecken ließ. Johann hörte noch einmal das entsetzte Aufstöhnen der anderen Kinder, als David abrutschte und nur noch mit einer Hand an dem Geländer hoch über der Autobahn baumelte.

Er beachtete die Tränen nicht, die eine feuchte Spur in seinem schmutzigen Gesicht hinterließen, während er übergroß diesen Ausdruck in Davids Gesicht vor sich sah. Diese in den kindlichen Zügen festgefrorene, unbeschreibliche Angst, mit der der Junge ihn angesehen hatte, als seine Finger von dem Geländer abrutschten, Sekunden bevor Johanns rettende Hand ihn packen konnte.

Dann dieser Schrei. Dieser furchtbare, langgezogene Ton, den Johann vor langer Zeit in der schwarzen, schalldichten Kiste im hintersten Winkel seiner Seele eingeschlossen hatte …

Er stand auf und nahm seinen Plastiksack. Mit festen Schritten ging er zu dem Jungen am Lagerfeuer, der bei seinem Anblick sichtlich erschrak, aber nicht weglief. Johann sah die geöffnete Tasche und eine danebenliegende Limonadenflasche. Er bemühte sich um ein freundliches Lächeln, als er den Jungen ansprach.

»Guten Abend, junger Mann. Ich nehme an, du bist auf Wanderschaft wie ich. Darf ich mich zu dir an dein Feuer setzen?«

Der Junge nickte stumm, vielleicht starr vor Schreck.

Vorsichtig stellte Johann seinen Plastiksack neben die schwarze Tasche und ließ sich nieder. Dann zog er die Papiertüte mit den belegten Brötchen vom Morgen hervor und reichte eines davon dem Jungen. Als dieser zögerte, sagte Johann freundlich: »Du kannst es ruhig nehmen. Es ist frisch von heute Morgen, und ich habe noch eines. Da ist leckere Wurst drauf. Nimm nur.« Geduldig wartete er, bis der Junge zögerlich zugriff.

Er nickte. »So ist es gut. Ich heiße Johann. Und du?«

»Felix«, antwortete der Junge mit vollem Mund.

»Felix, soso. Du bist also auf Wanderschaft. Von zu Hause weggelaufen?«

Felix nickte kauend, und Johann glaubte eine Spur von Erleichterung auf dem Kindergesicht zu erkennen.

»Ich weiß, es ist eine sehr persönliche Frage, aber ich würde gerne wissen, warum du weggelaufen bist?«

Felix schien einen Moment zu überlegen, ob er mit ihm reden sollte, dann antwortete er: »Weil ich in Deutsch so schlecht bin. Und noch wegen ein paar anderen Sachen, aber hauptsächlich wegen Deutsch.«

»Du bist schlecht in Deutsch? Das möchte ich aber genauer wissen. Ich war nämlich vor langer Zeit einmal Lehrer, musst du wissen, bevor …«

Sekundenlang hatte Johann noch einmal dieses Gesicht vor Augen, dann schüttelte er den Kopf. »Ist ja auch egal. Also erzähl mal.« Und Felix erzählte.

Eine Stunde später saß Johann alleine am Lagerfeuer. Felix war wieder nach Hause gegangen.

Ein Beobachter hätte den Alten für verrückt gehalten, wie er da im Wald saß und mit sich selbst redete. Aber Johann führte eine wichtige Unterhaltung. Mit Studiendirektor Johann Gelberg, ehemals Deutschlehrer am örtlichen Gymnasium.

Sie hatten sich viel zu erzählen und zu verzeihen.

Die Couch seiner Mutter

Manfred versetzte der Tür hinter sich einen leichten Stoß, der sie mit einem dumpfen Knall ins Schloss fallen ließ. Nicht laut, nein, der kleine Schubs war gerade so dosiert, dass man über sein Kommen informiert war, ohne ihm etwa Rücksichtslosigkeit vorwerfen zu können.

Er stellte seine abgenutzte braune Aktentasche neben der Garderobe auf dem Boden ab und blieb noch einen Moment unschlüssig stehen, als gebe es die Entscheidung zu treffen, das Wohnzimmer nun zu betreten oder doch wieder zu gehen.

Manfred war müde. Er war jeden Abend müde, wenn er aus dem Büro kam, aber die Müdigkeit alleine wäre gut zu ertragen gewesen, wenn er sich auf Ruhe und Entspannung hätte freuen können.

Das konnte er aber nicht, denn gleich, wenn er das Wohnzimmer betrat, würde er sich nicht etwa nach einem Begrüßungskuss für Ute und den üblichen

Floskeln über den Tag gemütlich auf die Couch legen können. Er würde nicht die Augen schließen können, um den Tag zu verarbeiten und so neue Kraft zu tanken.

Auch auf die gemütlichen Kleinigkeiten am Rande des häuslichen Lebens, wie die Nachrichten im Fernsehen bei einer Flasche Bier, würde Manfred verzichten müssen. Dafür sorgte *sie.*

Die alte Frau, die seine Mutter war. Die Frau, die sich bei ihnen eingenistet hatte und nun mit der ihr eigenen greisen Starrsinnigkeit sein Leben bestimmte. Sie würde wieder vor dem Fernseher sitzen, den kabellosen Kopfhörer auf dem dünnen Haar, und sich eine dieser Seifenopern ansehen.

Er hatte ihr den Kopfhörer gekauft, weil sie schwerhörig war und die Lautstärke des Fernsehers in der ganzen Wohnung keine normale Unterhaltung mehr zugelassen hatte.

Sie würde nicht von der geliebten Mattscheibe aufsehen, wenn er gleich den Raum betrat.

Später würde sie irgendwann in die Küche kommen, wo er in letzter Zeit einen Großteil der Abende mit Ute in der ungemütlichen Essecke sitzend verbrachte. Meist begrüßte sie ihn dann mit Fragen nach Dingen, die er für sie kaufen sollte und die er manchmal – absichtlich – vergaß.

Das anschließende gemeinsame Abendessen endete für Manfred meist schon nach kurzer Zeit damit, dass ihm der Appetit verging, wenn er sah, wie der alten Frau das durchgekaute Essen wieder aus dem Mund fiel und sich wie der Belag eines Streuselkuchens auf dem Tisch verteilte.

Oft schon hatte er die Gelegenheit genutzt und war ins Wohnzimmer geflüchtet, hatte sich dort endlich auf die Couch gelegt und den kurzen Moment der Entspannung genossen, bevor sie mit schlurfenden Schritten das Zimmer und den Fernseher wieder in Beschlag nahm.

Irgendwann würde er mit Ute zu Bett gehen, würde seiner Mutter ein unbeantwortetes *gute Nacht* zurufen und sie ihren Seifenopern überlassen.

Das war sein Tag. Sein Leben. Bestimmt von dieser Frau, die er einmal so geliebt hatte. Manfred schüttelte den Kopf. Es war geradezu lächerlich. Da stand er, ein erwachsener Mann, im Flur seiner eigenen Wohnung, und es graute ihm vor dem, was sein verdienter Feierabend sein sollte. Wie ein kleines Kind, das sich die Augen zuhält in der Hoffnung, von niemandem mehr gesehen zu werden.

Manfred fasste einen Entschluss. Er würde nun ins Wohnzimmer gehen und den Fernseher ausschalten. Er würde der alten Frau den Kopfhörer abnehmen und ihr ein für alle Mal klarmachen, dass jetzt Schluss war mit ihrer Tyrannei. Dass er ein Recht auf ein eigenes Leben habe. Dass er sich nach einem geeigneten Altersheim erkundigen werde.

Als er den Wohnraum betrat, war der Fernseher ausgeschaltet. Die Leere der Couch war eine stumme Einladung, diese einmalige Chance zu nutzen, aber zuerst wollte er nachsehen, wo Ute war. Und wo die alte Frau.

Nachdem er einen Blick in alle Zimmer geworfen hatte, machte sich Unruhe in ihm breit. Die Wohnung war leer. Das hatte es nicht mehr gegeben, seit seine Mutter eingezogen war.

Manfred setzte sich auf die Couch und fühlte sich seltsam dabei, obwohl es doch seine Couch war. Als würde er etwas Verbotenes tun.

Er sann noch darüber nach, als ihn das Telefon mit seinem schrillen Klingeln unsanft aus den Gedanken riss. Es war Ute. Sie hatte ihn vorher nicht erreichen können.

Die alte Frau, seine Mutter … sie war tot. Er solle ins Krankenhaus kommen, um sie noch einmal zu sehen. »Gut, ich komme«, sagte Manfred und legte auf. Dann lehnte er sich auf der Couch zurück und kam sich dabei wie ein Fremdkörper vor. Weil es ihre war.

Die Couch seiner Mutter.

P, PF oder U

In ein paar Jahren …

»Guten Morgen, ich möchte bitte zu Dr. Lentz.«

Bemüht, ein gewinnendes Lächeln auf mein Gesicht zu zaubern, halte ich dem forschenden Blick stand, mit dem die dunkelblauen Augen der Arzthelferin mich taxieren. Sie scheint zu dem Ergebnis zu kommen, dass ich behandlungswürdig bin und fragt: »Versichert?«

»Äh, ja, natürlich.«

»Art?«

Ich war schon lange nicht mehr beim Arzt. Die Frage verunsicherte mich etwas. »Was bitte meinen Sie mit *Art*?«

Sie verdreht etwas die Augen und stößt schnaubend den Atem aus. »Art der Krankheit natürlich.«

Meine Unsicherheit wächst. »Also ich weiß nicht. Ich habe mir den Knöchel verstaucht.«

»Aha! P, PF oder U? Wenn U, dann AU oder PU?«

»Ähm … tut mir leid, aber ich kenne diese Abkürzungen nicht. Was meinen Sie damit?«

Nun richtet sich ihr Blick gegen die Decke, während sie mit monotoner Stimme aufzählt: »Haben Sie sich die Verletzung privat zugezogen?« Dabei betont sie das P so sehr, dass mir ein Speicheltröpfchen ins Auge schießt.

Ich muss zwinkern, und bevor ich antworten kann, fährt sie fort: »Privat in der Freizeit? Oder war es ein Unfall? Wenn Unfall, war es ein Arbeitsunfall oder ein privater Unfall?«

Der Speichelbeschuss nimmt zu, und ich beginne, die Sache persönlich zu nehmen.

»Ich habe mir den Knöchel verstaucht. Im Garten. Schreiben sie *G* für Garten. Oder besser, schreiben sie *ZHG*. Zu Hause im Garten.«

Sie setzt sich und sagt mit gleicher monotoner Stimme: »Nun werden Sie mal nicht komisch, ja? Ich mache nur meinen Job. Also PF.«

Na gut. Mit PF bin ich einverstanden.

»Art der Versicherung?«

Will die mich verschaukeln? Ich lehne mich etwas über den Tresen und hauche: »Krankenversicherung?«

Sie blickt mich nicht einmal an. »Guter Mann. Sind Sie gesetzlich versichert oder privat? Wenn nur gesetzlich, welche private Zusatzversicherung haben Sie? Klasse 1, 2 oder 3?«

Na gut, du Huhn, so kann ich auch.

»Ich habe eine G-Versicherung. Ohne PZV1, 2 oder 3.«

Nun sieht sie mich doch an, und ihr Blick ist dabei verblüffenderweise weder verärgert noch genervt. Ich glaube, so etwas wie Mitleid in ihrer Stimme zu erkennen, als sie fragt: »*Nur* gesetzlich? *Gar keine* Zusatzversicherung? Nicht mal die 3?«

Stumm schüttele ich den Kopf und weiß nicht, warum ich plötzlich ein flaues Gefühl im Magen habe. Sie fasst sich recht schnell und kehrt wieder zur gewohnten Form zurück.

»Wartezimmer 4. Am Ende des Flurs. Ich hoffe, Sie haben heute nichts mehr vor.«

Ich wende mich nachdenklich ab und humple den Flur entlang. Die Türen, an denen ich vorbeikomme, sind alle geöffnet. Die erste trägt eine goldblitzende Eins. Etwa ein halbes Dutzend Patienten hocken auf dick gepolsterten braunen Ledersesseln. Jeweils zwischen zwei der luxuriösen Sitzmöbel steht ein kleines Tischchen. Darauf sind gefüllte Gläser abgestellt. *Super Service hier*, denke ich, während ich weitergehe. *Hätte ich nicht gedacht, bei dem Empfang.*

Im nächsten Raum – seine Tür trägt eine silberne Zwei – sitzen etwa gleich viele Leute wie in Wartezimmer eins. Die Stühle hier sind mit Stoff bezogen und es gibt keine Tische und keine Getränke. *Komisch. Warum setzen sich diese Leute hierher?*, frage ich mich. *Im ersten Raum waren doch noch eine Menge Stühle frei.*

Zimmer drei – eine Drei aus Bronze – ist mit schlichten Holzstühlen ausgestattet. Hier sitzen verständlicherweise keine Patienten.

Dann erreiche ich Zimmer vier. Die Zahl ist mit einem Filzstift krakelig auf die Tür geschrieben. Es ist komplett leer. Keine Tische, keine Stühle, nicht mal ein Teppich.

Irritiert starre ich in den kalten, leeren Raum. *Die muss sich vertan haben. Das ist doch kein Wartezimmer. Außerdem – im schönen Zimmer eins sind noch viele Plätze frei.*

So hinke ich also zurück und freue mich auf ein schönes, kaltes Getränk in einem bequemen Ledersessel. Als ich den Raum betrete, schauen die Leute kurz hoch und mustern mich von Kopf bis Fuß.

»Guten Tag«, sage ich höflich und lasse mich auf den Sessel gleich neben der Tür fallen.

Es dauert keine Minute, da steht ein bezauberndes Wesen im Minirock vor mir und strahlt mich an: »Was darf ich Ihnen zu trinken bringen?«

»Einen Saft«, lächle ich zurück und merke, dass mein anfänglicher Ärger einem Wohlgefühl weicht. »Darf ich dann bitte Ihre P-Karte sehen?«

Geht das schon wieder los?

»Welche P-Karte bitte?«

Ihr Lächeln wird unsicher. »Na, die Karte Ihrer Privatversicherung.«

Ich schüttele lachend den Kopf. »Nein, nein. Ich bin nicht privat versichert. Gesetzlich.«

Plötzlich herrscht Stille im Raum. Alle Köpfe fliegen zu mir herum. Augenpaare starren mich ungläubig an. Dann Getuschel. Finger zeigen auf mich.

Das Lächeln ist nun gänzlich vom Gesicht des bezaubernden Wesens verschwunden. Ihr Gesichtsausdruck lässt mich vermuten, dass sie einer Ohnmacht nahe ist.

Abrupt dreht sie sich um und flüchtet aus dem Zimmer.

Getuschelte Wortfetzen dringen an mein Ohr.

»Unfassbar …«

»Diese Dreistigkeit …«

»Das Pack wird immer unverfrorener.«

Ein riesiger Kerl in Uniform betritt zusammen mit dem Ex-Zauberwesen das Wartezimmer.

Sie zeigt auf mich und ist dabei bemüht, hinter dem breiten Rücken des Uniformierten zu bleiben. Mit grimmigem Gesicht kommt er auf mich zu.

»Na komm, mein Junge. Mach keinen Ärger. Hier hast du nichts verloren.«

Mein Junge? Ich bin mindestens zehn Jahre älter als der Kerl.

Grob werde ich am Arm gepackt, hochgezogen und aus dem Zimmer gezerrt.

»He! Was soll das?«, schreie ich ihn an.

»Mach keine Schwierigkeiten, dann muss ich dir auch nicht weh tun. Wann lernt ihr GKler endlich, dass ihr bei den Privaten nichts verloren habt?«

Er schleppt mich zum Ausgang, öffnet die Tür und gibt mir einen Schubs, der mich die zwei Stufen herunter auf den Gehweg fallen lässt.

Während ich mich aufrapple, geht ein junges Paar an mir vorbei.

»Guck mal, bestimmt wieder so ein GK-Assi«, sagt sie und zieht ihren Begleiter schnell weiter. Ich wende mich ab und mache mich auf den Heimweg.

Langsam beginne ich zu verstehen, was die in der Zeitung mit der *Gesundheitsreform* gemeint haben. Wenn ich es mir so recht überlege, tut mein Bein auch kaum noch weh.

Nur die Schulter, die schmerzt etwas von dem Rausschmiss.

Ein Manager von Kopf bis Fuß

»Meine Damen und Herren, ich werde mich nicht lange mit Nettigkeiten und unnötigen Floskeln aufhalten, sondern gleich zur Sache kommen.« Wolfgang Elber stand im Besprechungsraum der Firma Dresselmann Logistik vor den fünfundzwanzig Mitarbeitern seiner neuen Abteilung. Der dunkelblaue Designer-Anzug saß wie maßgeschneidert und betonte seine breiten Schultern. Das mittellange, etwas gewellte blonde Haar war millimetergenau geschnitten und mit kerzengeradem Seitenscheitel nach hinten gekämmt wie in einem Frisurenkatalog für den perfekten Manager-Haarschnitt. Sein leicht gebräuntes, markantes Gesicht hätte vielleicht sympathisch sein können, wären da nicht die dunklen Augen gewesen, die seine Umgebung kalt musterten.

Deutlich für alle spürbar strahlte die eins achtzig große Erscheinung Kompetenz, Selbstbewusstsein und Autorität aus.

Ein Manager von Kopf bis Fuß.

Nach einem langen Blick in die Runde, der bei jedem der anwesenden Frauen und Männer das unbehagliche Gefühl hinterließ, in Sekundenschnelle durchleuchtet worden zu sein, fuhr er fort: »Ich möchte von Anfang an einiges klarstellen, damit es nicht zu unnötigen Diskussionen oder Verwunderung Ihrerseits kommt. Als Ihr neuer Leiter habe ich keinerlei Ambitionen, ein freundschaftliches Verhältnis aufzubauen und abends an der Theke ein Bier mit Ihnen zu trinken. Das können Sie mit Ihren Kollegen tun. Mir ist einzig daran gelegen, diese Abteilung auf Vordermann zu bringen. Wenn Sie mich dabei unterstützen, werden wir keine Probleme miteinander haben. Wenn ich allerdings merke, dass jemand nicht gewillt ist, den vollen Einsatz zu bringen, habe ich sowohl die Mittel als auch die Wege, denjenigen zu entfernen. Sie wundern sich vielleicht über diese offenen Worte, aber ich bin für klare Verhältnisse. Kurz: Ich bin hart, aber gerecht. Ich gehe davon aus, wir haben uns verstanden.«

Er warf einen Blick auf seine Armbanduhr und rieb sich dann die Hände. »So, Herrschaften, wir haben nun genug unproduktive Zeit verbracht. Gehen Sie jetzt an Ihre Arbeit und tun Sie Ihr Bestes. Wir werden sehen, ob mir das gut genug ist.« Damit wandte er sich ab und verließ mit sicheren, strammen Schritten den Raum.

In dem Besprechungszimmer sahen sich die Mitarbeiter ratlos, teilweise auch verzweifelt an, dann wurde geflüstert und getuschelt. Aus dem Stimmengemurmel waren Worte wie *eiskalt*, *brutal* und *Angst* zu hören.

Wolfgang Elber ließ sich währenddessen sein Büro zeigen. Der Raum war groß und wirkte mit dem wuchtigen Mahagonischreibtisch vor dem Fenster und den schwarzen Ledersesseln, die um einen Glastisch mit Chromgestell gruppiert waren, noch recht kalt. Als er sich kurz umgesehen hatte, atmete Elber genervt aus und schleuderte seiner Sekretärin einen vernichtenden Blick entgegen.

»Ich weiß ja nicht, womit Sie bisher Ihre Zeit hier verbracht haben, aber ich sehe schon, ich werde wohl nicht umhin kommen, Ihnen eine Arbeitsanweisung zu schreiben, in der Ihr Aufgabengebiet klar definiert ist. Die Fähigkeit des selbständigen Denkens scheint Ihnen nicht gegeben zu sein. In einer Stunde erwarte ich, hier sämtliche Büroutensilien vorzufinden, die ich für die tägliche Arbeit benötige. Ich hoffe, Sie können diese unglaubliche Anforderung bewältigen, ohne dass ich Ihnen eine Zeichnung anfertigen muss.«

Gertrud Zeiles, Anfang fünfzig und seit nunmehr zweiundzwanzig Jahren bei Dresselmann Logistik beschäftigt, hatte das Gefühl, ihr Herz würde vor Schreck aussetzen. So hatte in all den Jahren noch nie jemand mit ihr geredet. Sie war von ihren bisherigen Vorgesetzten stets als sehr gewissenhaft und zuverlässig beurteilt worden, und jetzt kam dieser Mensch daher …

Wortlos drehte sie sich um und verließ das Büro, um die aufgetragenen Dinge zu erledigen. Was blieb ihr auch anderes übrig? Sie hätte diesem Menschen nur zu gerne ein paar Takte gesagt, aber in ihrem Alter konnte sie es sich nicht leisten, ihre Arbeit zu verlieren. Für die Rente war sie noch zu jung, für eine neue Stelle schon zu alt. Während sie zum Telefonhörer griff, um das Material zu ordern, spürte sie, dass sie heftige Magenschmerzen bekam.

Als Wolfgang Elber an diesem Nachmittag das Firmengelände verließ, hatte die Nachricht von dem neuen Abteilungsleiter schon alle Mitarbeiter erreicht. Man erzählte sich, er wolle mindestens zehn Kolleginnen und Kollegen entlassen. Insider wie Frau Künzel vom Empfang glaubten gar zu wissen, dass er von der Geschäftsleitung speziell ausgesucht worden war, weil er den Ruf eines *Personalminimierers* hatte. Herr Sachsel, Sachbearbeiter in der Buchhaltung, steuerte seine Vermutung bei, wenn Elber mit der Abteilung Sales & Distribution fertig wäre, kämen wahrscheinlich die anderen Einheiten der Firma an die Reihe. Es kündigten sich schlechte Zeiten an für die Mitarbeiter von Dresselmann Logistik.

Wolfgang hängte seinen Mantel an die Garderobe im Flur und zog die Schuhe aus. Sorgfältig stellte er sie auf der Gummimatte ab und vergewisserte sich, dass kein Schmutz von den Sohlen auf den Fußboden gefallen war. Er schlüpfte in seine Hausschuhe und ging dann in die Küche, wo seine Frau mit dem Geschirr klapperte. Lächelnd ging er auf sie zu. »Hallo, Liebling. Wie geht es dir?«

Sie sah ihn fragend an. »Hast du mir den Salat mitgebracht?«

»Ähm, nein, tut mir leid, den habe ich in der Aufregung vergessen. Heute war doch mein erster Tag …«

Schroff wurde er unterbrochen: »Das sieht dir ähnlich. Wenn ich dich einmal um etwas bitte. Was bist du nur für ein Mann? Nichts, absolut nichts kannst du richtig machen. Aber ich habe mich ja schon daran gewöhnt, dass ich für dich mitdenken muss. Das selbständige Denken ist eben nicht jedem gegeben.«

Wolfgang stand mit hängenden Schultern stumm vor ihr. Der dunkelblaue Designer-Anzug hing an ihm, als wäre er eine Nummer zu groß, und das etwas gewellte blonde Haar lag platt auf seinem Kopf wie ein alter Lappen. Die fast schwarzen Augen in seinem blassen Gesicht waren zu Boden gerichtet und drückten Verzweiflung aus. Er wirkte klein und hilflos.

Eine traurige Gestalt von Kopf bis Fuß.

Die Antwort des Pantomimen

Seit Jahren schon führte mich mein täglicher Weg vom Parkhaus zu meinem Arbeitsplatz und zurück durch die Fußgängerzone der Innenstadt. Dieser fünfminütige Marsch, den ich anfangs noch als lästig empfand, war mir im Laufe der Zeit zur lieben Gewohnheit geworden.

Die Schaufenster mit ihren Auslagen, das kleine Lädchen, vor dem im Sommer die Obstkisten aufgestapelt waren, die Apotheke an der Ecke des Marktplatzes oder auch die hübsche junge Bäckereiverkäuferin, die hinter der großen Scheibe ihre Kunden bediente – Dinge, die mir so vertraut geworden waren wie das kurze Straßenstück vor unserem Haus.

Ich hätte unmöglich jemandem alle Einzelheiten genau beschreiben können, aber es fiel mir sofort auf, wenn sich etwas auf diesem Weg veränderte.

Eines Nachmittags hatte sich eine Menschentraube auf dem Marktplatz gebildet. Dicht gedrängt standen die Passanten dort in einem großen Halbkreis.

Ich schob mich durch die Menge und konnte schließlich zwei weißgeschminkte Gestalten erkennen, die vor einer Kulisse aus zwei provisorisch aufgehängten goldschimmernden Tüchern ihr stummes Schauspiel boten.

Fasziniert sah ich zu, wie das in schwarze, enge Trikots gekleidete Paar einzig mit der Sprache ihrer Körper eine Geschichte von Liebe und Zuneigung erzählte, wie man sie in Worte gefasst nicht intensiver hätte darbieten können.

Als sie sich unter großem Applaus verbeugten, ging ich nach vorne und warf ihnen bereitwillig ein paar Münzen in die aufgestellte Schale.

Ich sah sie von nun an jeden Tag. Sie standen immer am gleichen Platz und spielten immer das gleiche Stück. Oft blieb ich bei ihnen stehen, wurde immer wieder in ihren Bann gezogen. Nach einiger Zeit kam ich zu der Ansicht, dass das Spiel nichts anderes war als ihre Art, der Welt auf künstlerische Weise ihre Liebe füreinander zu zeigen.

Einmal, sie machten gerade eine Pause und saßen nebeneinander auf dem Boden, sprach ich sie an. Ich wollte wissen, ob ich mit meiner Vermutung richtiglag, ob sie wirklich ein Paar waren.

Stumm standen sie auf und nahmen sich in die Arme. Ihre mit nach oben gezogenen schwarzen

Strichen immer lächelnden Münder lachten noch mehr, als sie die weißen Stirnen aneinanderlegten und sich dabei tief in die Augen sahen.

Es war ein stilles Bild inniger Zuneigung, wie sie da vor mir standen und sich ansahen.

Ich hatte mich also nicht getäuscht.

Und dann, eines Tages, waren sie nicht mehr da. Ganz plötzlich, einfach verschwunden.

Ich stand einige Minuten in der Mitte des Marktplatzes und sah mich nach allen Seiten um in der Hoffnung, sie vielleicht an anderer Stelle entdecken zu können. Doch sie waren nirgends zu sehen. Missgelaunt ging ich weiter und wusste, dass ich sie vermissen würde.

Viele Wochen später, ich dachte mittlerweile auf meinem Weg nur noch selten an die beiden, sah ich mich unvermittelt wieder einer Menschentraube gegenüber. Mein Herz machte einen kleinen Sprung, und ich beschleunigte meine Schritte, wollte schnell meine Hoffnung bestätigt sehen, dass sie zurückgekehrt waren. Als ich mich nach vorne durchgequetscht hatte, sah ich tatsächlich eine weißgeschminkte männliche Gestalt.

Aber eben nur ihn. Ohne seine Partnerin spielte er nun vor zwei schwarzen Tüchern ein neues Stück. Seine Bewegungen waren langsam und bedächtig, fast andächtig. Auf die weiße Wange hatte er sich eine übergroße Träne gemalt, und die schwarzen Striche an den Mundwinkeln waren nun nach unten gezogen. Wehmütig und unendlich traurig war der Blick seiner Augen.

Als er sich nach der Vorstellung vor die schwarzen Tücher auf den Boden setzte, ging ich zu ihm hin und fragte, wo seine Partnerin wäre. Er zeigte erst auf die gemalte Träne, deutete dann auf sein Herz und schließlich in den blauen, wolkenlosen Himmel. Dabei blickten mich seine dunklen Augen noch eine Spur trauriger an.

Mir wurde schwer ums Herz, und dann fiel mir ein Satz ein, den ich einmal irgendwo gelesen hatte.

Die Körpersprache ist die Mutter der Muttersprache.

Wie wahr!

Ich hatte sie verstanden, die Antwort des Pantomimen. Und sie hatte mich tief berührt.

Hahnenschrei

Wie der schwere Vorhang eines Schmierentheaters heben sich meine Lider. Noch bevor ich richtig wach bin, spüre ich es.

Ich habe eine Scheißlaune.

Die Dunkelheit des Zimmers klebt auf meinen Augäpfeln wie Dreckklumpen.

Die Ahnung eines grünen Lichtschimmers dringt von rechts zu mir durch.

Die Mühsal eines Blicks auf den Radiowecker kann ich mir sparen. Es ist kurz nach fünf. Ich weiß es!

Dieses verdammte Vieh, dieser gefiederte Teufel, der mir mein Leben versaut, hat es wieder geschafft.

Er kräht nur ein einziges Mal. Als wüsste er, dass das ausreicht, mich viel zu früh aus dem Schlaf zu reißen und mir einen misslungenen Start in den Tag zu bescheren.

Ganz am Anfang – mein lieber Nachbar hatte sich

das Drecksvieh gerade neu angeschafft – hat es sich einmal verraten. Ein zweites Krähen ist ihm herausgerutscht, und mir wurde schlagartig klar, was mich jeden Morgen so früh weckt.

Seit über einem Jahr geht das schon so. Jeden gottverdammten Morgen.

Diese schleichende Folter permanenten Schlafentzugs hat mein Leben verändert. Zum Schlechten.

Nichts ist mehr so, wie es einmal war. Nichts will mir mehr gelingen, weil die andauernde Müdigkeit mich phlegmatisch gemacht hat. Alles, wirklich alles, hat sich zu meinem Nachteil verändert.

Meine Ehe mit Silke funktioniert nicht mehr. Im Büro wurde ich schon zweimal von meinem Chef ermahnt, ich sei unkonzentriert, fahrig und unzuverlässig.

Ist das denn ein Wunder?

Ignorantes Arschloch!

Wütend schlage ich die Bettdecke zurück und wälze mich von der Matratze.

Ein lautes »Scheiße« muss einfach raus, sonst lässt die Aggression mich platzen. Neben mir raschelt es. Silke ist aufgewacht.

Jetzt wird sie mir gleich wieder Vorwürfe machen, weil ich sie geweckt habe. Wird behaupten, dass sie von dem elenden Vieh nichts gehört habe und nur durch mich aufgewacht sei.

Lächerlich.

Sie hat sich verändert. Nichts ist mehr übrig von ihrer früheren Liebenswürdigkeit.

Als ob ich nicht schon genug Probleme hätte, macht sie mir das Leben jetzt auch noch zur Hölle mit ihrer verständnislosen Nörgelei.

Bis dass der Tod euch scheidet.

Falsch. Es müsste heißen *bis dass der Hahn euch scheidet.*

Ich schleppe mich aus dem Schlafzimmer, bevor sie ihre Litanei herunterbeten kann. Schmerzhaft stoße ich mir die Schulter am Türrahmen und zische ihm ein weiteres »Scheiße« zu, bevor ich die Tür auf ihn knalle.

Die Wohnung wirkt kalt und feindlich.

Der Spiegel im Bad schleudert mir eine hässliche Fratze entgegen. Was hat dieses Tier nur aus mir gemacht?

Auf der Fahrt zum Büro muss ich immer wieder wild auf die Hupe einschlagen, weil diese Vollidioten nicht Auto fahren können. Es ist bitter, aber ich habe mich daran gewöhnt, nur von Deppen umgeben zu sein.

Die Zeit drückt sich durch den Tag wie ein schmieriger, zäher Brei. Ein weiterer, krakeliger Strich auf dem morschen Kalender meines Lebens.

Beim Abendessen schaut Silke mich mit geheucheltem Mitleid unentwegt an. Ich spüre den brennenden Wunsch in mir, ihr die gespielte Sorge mit der Faust aus dem Gesicht zu schlagen. Aber nein, das darf man nicht. Man darf als Mann gequält werden bis zum Äußersten, aber wehren darf man sich nicht.

Ich bin es endgültig leid. Es gibt nur eine Möglichkeit: Ich muss diesem Drecksvieh den Hals umdrehen. Das ist es. Ich brauche nur den Hahn zu killen, dann wird alles wieder gut.

Mit einer lange nicht mehr gespürten Energie springe ich regelrecht auf und gehe ins Wohnzimmer. Schalte den Fernseher an, um die Zeit zu überbrücken, bis ich zur Tat schreiten kann.

Mit vorsichtigen Schritten betrete ich den Garten des Nachbarn. Meine Augen sind nur auf einen Punkt fixiert: Das verschwommen in der Dunkelheit erkennbare kleine Drahtgehege. *Ich sehe dich, Mistvieh.*

Vorsichtig öffne ich das wacklige Gatter.

Er wehrt sich, schlägt mit den Flügeln, pickt nach mir, versucht alles, sein unseliges Leben zu retten.

Zu spät, du Teufel. Das hättest du dir überlegen müssen, bevor du versucht hast, mein Leben zu zerstören.

Mit einem Ruck des Handgelenks ist es vorbei.

Lächerlich, wie einfach man sein Leben wieder in die richtige Bahn lenken kann.

Heute Morgen war dein letzter Hahnenschrei. Lächelnd lasse ich den leblosen Körper zu Boden fallen.

Ich liege im Bett und kann den Schlaf gar nicht erwarten, um dann morgen früh vom lieblichen Tönen meines Radioweckers in mein neues Leben gerufen zu werden.

Wie der schwere Vorhang eines Schmierentheaters heben sich meine Lider. Noch bevor ich richtig wach bin, spüre ich es.

Ich habe eine Scheißlaune.

Der grüne Lichtschimmer meines Radioweckers verrät die Uhrzeit. Es ist kurz nach fünf.

Die Straße da oben

Jürgen starrte auf das sauber gefaltete Blatt Papier, das vor ihm auf dem Küchentisch lag. Er hatte gleich gesehen, dass es von dem grünen Block stammte, Erikas Küchenblock mit den Rechenkästchen. Neunundzwanzig halbtransparente kleine Quadrate waren es vom oberen Rand bis zur Mitte, wo das Blatt kerzengerade, wie mit Hilfe eines Lineals, gefaltet worden war. Schemenhaft drückten sich an manchen Stellen die geschwungenen Linien handgeschriebener Worte durch das Papier. Erikas Handschrift.

Sie hatte ihm noch nie einen Zettel geschrieben, in all den Jahren nicht. Es war auch bis auf ganz wenige Ausnahmen noch nie vorgekommen, dass sie nicht zu Hause war, wenn er von der Arbeit kam. Und hatte sie jemals all ihre Jacken, die normalerweise an der Garderobe im Flur hingen, übereinander angezogen, wenn sie aus dem Haus ging?

Fazit: Es gab nicht viele Möglichkeiten, was den

Inhalt – *die Botschaft* – dessen betraf, was dort mit Erikas geschwungenen Buchstaben geschrieben stand, noch ungelesen auf der Innenseite des pedantisch genau gefalteten Blatts aus ihrem Küchenblock. Ganz langsam und vorsichtig, fast ehrfurchtsvoll klappte er die beiden Hälften auseinander. Ein Ritual. Der Empfang des Trostpreises für den letzten Platz. Nur ein paar Zeilen.

Jürgen,

ich verlasse dich. Du weißt, warum.

Acht Jahre. Ich habe mich weiterentwickelt, du bist stehengeblieben.

Nun will ich nicht mehr. Du bewegst nichts. Du hast verloren. Tut mir leid.

Ich nehme nichts mit. Du brauchst die Sachen nötiger als ich.

Erika

Jürgen faltete den Zettel und legte ihn wieder vor sich auf den Tisch. Er sah genauso aus wie vorher, als hätte er ihn nie gelesen.

Ächzend stemmte er sich aus seinem Stuhl hoch und stellte sich vor das Fenster. Seine Augen waren auf die graue Front des Nachbarhochhauses gerichtet, sein Blick aber endete an der Scheibe des Küchenfensters, verlor sich im durchsichtigen Glas.

Er horchte in sich hinein, suchte die Überraschung, den Schmerz – fand nichts.

Die wenigen Zeilen waren das logische Resultat

einer achtjährigen Langeweile, Quintessenz einer Ehe, die an Ereignislosigkeit nicht zu übertreffen war. Letztendlich ein folgerichtiger Meilenkieselstein in dem Tunnel, in dem wohl die Straße seines Lebens verlief.

Er stieß ein kurzes, humorloses Lachen aus. *Tunnel.* Welch treffender Vergleich.

Im Alter von zwölf Jahren hatte er die Treppe erreicht, die hinabführte. Seine Fettleibigkeit nahm ihm die Beweglichkeit, die nötig war, um oben auf der Straße, wo sich das wirkliche Leben abspielte, mithalten zu können. Er war hinabgestoßen worden durch die Worte seiner Mitschüler. *Halt dich da raus, Fettsack*, hatten sie gesagt, sobald er den Mund aufmachte, *Schweinchen Dick* hatten sie ihn genannt. Die ersten Stufen nach unten …

Sie hatten sich geschüttelt vor Lachen, als er einmal wagte, seine Turnsachen mitzubringen, als er tatsächlich am Sportunterricht teilnehmen wollte.

Später dann, während seiner Ausbildung zum Elektriker, war er der *Häuptling dicker Funke* gewesen. Vom Kreiswehrersatzamt war er ausgemustert worden.

Stufe um Stufe war er hinabgestiegen in das behäbige Halbdunkel, wo er sich seitdem unbemerkt mit kleinen Schritten bewegte, ohne dabei auch nur einen Meter wirklich vorwärts zu kommen.

Irgendwann hatte er aus seinem unterirdischen

Gang durch einen Schacht nach oben geblickt und Erika gesehen. Sie hatte ihm die Hand gereicht und ihn herausgezogen. Gemeinsam mit ihr war er ein Stück gegangen im Tumult des Tageslichts an der Oberfläche. Aber sie war es gewesen, die ihnen den Weg freiboxte, wenn sie auf ein Hindernis trafen. Sie war vorgegangen, und er schlurfte in ihrem Windschatten hinterher. Als sie irgendwann damit begann, ihn nach vorne zu schieben, von ihm zu verlangen, er solle sich kümmern, war er durch den nächstbesten Schacht wieder abgetaucht. Sie war oben geblieben.

Jahrelang liefen sie so auf verschiedenen Wegen. Immer wieder rief sie zu ihm hinunter, er solle zu ihr nach oben kommen. Er überhörte es, trippelte mit gesenktem Kopf weiter durch das Halbdunkel, unbemerkt.

Irgendwann bemerkte auch Erika ihn nicht mehr.

Jürgen drehte sich um. Mit dem Stift, der neben dem Papier auf dem Tisch lag, schrieb er mit seiner ungelenken Handschrift unter Erikas Zeilen:

Ich weiß, aber es ist nicht schlimm. Du warst schon die ganze Zeit oben.

Dann ging er ins Wohnzimmer, setzte sich vor den Fernseher und betrachtete das Leben, wie es auf der Straße da oben, jenseits des Tunnels, wohl sein musste.

Vatertag

Norbert erwachte mit dem wohligen Gefühl, ausgeruht zu sein. An den Seiten des heruntergezogenen Rollos drückten sich die Sonnenstrahlen ins Schlafzimmer wie zwei dünne Wasserfälle, die sich gegen alle Naturgesetze in vertikaler Richtung ausbreiteten. Sie versprühten ihre Gischt aus Licht und zauberten ein Verwirrspiel aus Helligkeit in den im sanften Dämmerlicht liegenden Raum. Wohlfühlatmosphäre.

Ein Blick zur Seite ließ ihn lächeln. Der Platz neben ihm war leer. Brigitte hatte sich leise aus dem Bett geschlichen und ihn weiterschlafen lassen. Er wusste auch, warum.

Vatertag. Mit einem Grunzlaut streckte er sich ausgiebig und lag dann noch eine Weile still da.

Er dachte an das Gespräch mit seinen Kindern am Muttertag. Sie hatten Brigitte einen mehrarmigen Kerzenleuchter aus dickem Draht gebastelt und sie wie jedes Jahr mit einem selbstgemachten Geschenk zu Tränen gerührt.

Er hatte ihnen erklärt, dass er es toll finde, wie sie immer wieder mit viel Mühe ein Geschenk für ihre Mutter bastelten. Und sie wüssten ja, dass der Vatertag auch nicht mehr weit weg sei. Und ein Vatertagsgeschenk von ihnen, darüber würde er sich freuen. Aber es solle nichts Gekauftes sein, sondern etwas, mit dem sie ihre Gefühle ausdrückten. Womit sie ihm ein wenig von dem zurückgeben konnten, was er schon alles für sie getan hatte. Jenny und Max hatten sich angesehen und dann genickt.

Norbert schlug die Decke zurück und setzte sich auf den Bettrand. Nun war es also so weit.

Sein Tag. Bestimmt waren die Kinder mit ihrer Mutter unten zugange und richteten einen festlichen Frühstückstisch für ihn her. Es hielt ihn nichts mehr im Bett. Mit schnellen Schritten ging er ins Badezimmer und pfiff ein fröhliches Lied.

Als er die Treppe hinunterging, wunderte er sich über die Stille. Das Radio in der Küche lief nicht wie sonst, keine zankenden Kinderstimmen waren zu hören. Wie feierlich. Bestimmt würden die drei gleich hervorspringen und *Überraschung* rufen. Mit erwartungsvollem Lächeln betrat er die Küche.

Doch da war niemand, und der Tisch war auch nicht gedeckt. Sein Lächeln verschwand. Wo war Brigitte? Die Kinder? Er schlug sich mit der flachen

Hand gegen die Stirn. Natürlich. Es war herrliches Wetter. Sie hatten bestimmt den Terrassentisch gedeckt und saßen jetzt in der Sonne.

Schnell wandte er sich ab und verließ die Küche, doch schon als er das Wohnzimmer betrat, konnte er durch die Scheibe der Terrassentür den leeren Tisch sehen. Er war nicht einmal abgewischt. Einige Sekunden lang starrte er hinaus, dann drehte er sich um und rief: »Brigitte? Max, Jenny? Wo seid ihr? Ich bin wach.« Stille.

»Brigitte?« Nichts. Norbert ließ sich auf einen Sessel sinken. Er verstand das nicht. Wo war seine Familie? Vielleicht waren sie in die Bäckerei gefahren, um Frühstücksbrötchen zu kaufen? Oder leckeren Kuchen? Das musste es sein. Kuchen zum Vatertag ... Sein Blick fiel auf den Zettel, der mit der beschriebenen Seite nach oben mitten auf dem Wohnzimmertisch lag. Nur die Überschrift konnte er von seinem Platz aus lesen.

Lieber Papa,

Mit einem Satz war Norbert auf und griff nach dem Zettel.

wir wünschen Dir einen schönen Vatertag.

Heute Abend sind wir wieder da.

Jenny und Max

und Brigitte

Lange saß Norbert da mit dem Zettel in der Hand. Immer wieder las er die wenigen Zeilen, und mit jedem Mal wurde das Gefühl der dumpfen Leere in ihm stärker. Sie waren einfach so verschwunden. Zusammen mit ihrer Mutter. Am Vatertag. Das konnte doch nicht sein.

Nein, nein. Das durfte einfach nicht sein. Sie würden bestimmt bald wieder auftauchen. Bestimmt.

Es war kurz vor acht Uhr abends, als die Haustür aufgeschlossen wurde. Norbert saß mit einem Buch im Wohnzimmer. Er hatte fast den ganzen Nachmittag gelesen, um sich abzulenken.

Als er die Geräusche hörte, legte er das Buch zur Seite und verschränkte die Arme vor der Brust. Seine Enttäuschung hatte nacktem Ärger Platz gemacht. Die würden was zu hören bekommen. Ihn einfach so am Vatertag alleine zu lassen. Max betrat als erster den Raum, gefolgt von Jenny. Brigitte war nicht zu sehen. Norbert sprang auf, doch bevor er etwas sagen konnte, hob Max die Hand.

»Papa, bevor du schimpfst, möchte ich dir dein Vatertagsgeschenk erklären. Wir sehen dich fast nie. Du kommst abends spät nach Hause und bist müde. Am Wochenende kannst du nichts mit uns unternehmen, weil du dich ausruhen musst. Du wolltest etwas von dem zurückhaben, was du uns gibst. Das haben wir dir gegeben, indem wir den ganzen Tag nicht da waren. Du wolltest, dass wir uns Mühe geben. Das haben wir, denn es ist uns nicht leicht gefallen, an diesem Tag nicht bei dir zu Hause zu sein. Und du wolltest etwas, das unser Gefühl für dich ausdrückt. Das bekommst du jetzt.«

Beide Kinder kamen auf ihn zu, legten ihre Arme um ihn, drückten sich fest an ihn und küssten ihn dann auf die Wange. »Wir haben dich trotzdem lieb.«

In dem Moment betrat Brigitte das Wohnzimmer. Hilflos sah Norbert sie an.

»Du hast ihnen dabei geholfen?«

Sie hob lächelnd die Schultern. »Was sollte ich tun? Es war ihr Geschenk. Schließlich ist heute Vatertag.«

Ein dick belegtes Brötchen

Ich gehe mit einem flotten Lied auf den Lippen durch die Fußgängerzone und habe gute Laune.

Warum? Hand aufs Herz – ich habe keine Ahnung. Es gibt eben solche Tage, an denen man schon beim Aufwachen dieses gute Gefühl hat, dessen Herkunft mir wohl auf ewig ein Rätsel bleiben wird. Entsteht es durch einen Traum, an den man sich nicht mehr erinnern kann? Wenn dem wirklich so ist, muss ich in der letzten Nacht einen höllisch guten Traum gehabt haben. Vielleicht habe ich ja mit Marie aus der Personalabteilung … egal. Warum auch immer, es geht mir gut. Es ist Mittagszeit, und ich freue mich auf ein dick belegtes Brötchen aus meinem Lieblingsladen. Als Tüpfelchen auf dem berühmten i wird es diesen Tag um eine herrliche geschmackliche Komponente bereichern.

Mein Hungergefühl, verbunden mit dem Gedanken an diese köstliche, verschwenderisch dick aufgetragene Soße, die sich schon beim ersten Bissen an den Seiten herausdrückt, lässt mich noch einen Tick schneller gehen. Nur noch um die letzte Ecke, dann … was ist denn da los?

Mindestens fünfzehn Leute stehen vor der Eingangstür *meines* Ladens. Der Ruf der Brötchen scheint sich rasend schnell verbreitet zu haben. Ich muss lachen. *Der Ruf der Brötchen.* Klingt wie der Titel eines Dokumentarfilms der Bäckerei-Innung. Was soll's. Stelle ich mich eben an. Das kann mir die Laune nicht verderben.

Als ich näher an die Schlange herantrete, werde ich aus ernsten Gesichtern kritisch gemustert, und mit kleinen, dezenten Schritten werden die Lücken zum Vordermann geschlossen. Man scheint mir den Hunger anzusehen, aber – zugegeben – so eilig ist es nicht. Ich weiß doch, was sich gehört. Natürlich stelle ich mich hinten an, hinter eine schlanke Brünette. Ich summe noch immer das Lied und frage mich, warum es mir nicht mehr aus dem Kopf geht. Hinter mir bemerke ich nun eine füllige, reife Dame im superkurzen Rock. Während ihre Augen eine Rallye über meinen Körper veranstalten, zieht ein süffisantes Grinsen ihre Stirn zusammen wie den Blasebalg eines Akkordeons. Obwohl ich ahne, was mich erwartet, werfe ich einen kurzen Blick auf ihre Beine. Wie in einem Flussdelta laufen die Krampfadern über ihre Unterschenkel und münden an einer

Stelle, die ich nicht sehen kann und auch wirklich nicht sehen möchte.

Schnell wende ich mich ab und versuche, an etwas anderes zu denken. Wieso ausgerechnet dieses Lied? Ich bin sicher, dass ich es heute noch nicht gehört habe. Vielleicht lief es im Hintergrund, als ich in meinem Traum mit Marie …

Irgendwo vor mir beschwert sich ein Herr lautstark über den Fuß eines anderen, während wir ganz langsam vorwärtstippeln. Was der Störfuß verbrochen hat, kann ich nicht verstehen. Es ist mir aber auch egal. Dieses Lied …

Zufällig berührt mich die Hand der Krampfaderträgerin am Gesäß, und bevor ich mir eine Reaktion darauf überlegen kann, touchiert mein Handrücken wie in einer Kettenreaktion den Po der schlanken Brünetten vor mir. Die fährt wie von der Tarantel gestochen herum und faucht mich an: »Sind Sie verrückt?«

»Entschuldigung«, entgegne ich verlegen und verkneife mir dabei, auf meine Nachbarin zu zeigen und zu sagen: »Die Dicke ist schuld.«

Aber einen vorwurfsvollen Blick schicke ich schon in das faltige Gesicht. Täusche ich mich, oder knurrt die mich daraufhin tatsächlich an? Nein, ich irre mich nicht. Die Brünette und der Mann vor ihr haben es anscheinend auch gehört, denn beide drehen sich um und werfen erst mir und dann der Grabscherin hinter mir seltsame Blicke zu. Wieder dieses Knurren. O Gott, ist das peinlich, es kommt nicht aus dem Mund meiner Nachbarin, sondern … aus meinem Magen.

»Na, das scheint ja ein Notfall zu sein bei Ihnen«, meint der Kerl vor der Brünetten. Tolles Späßchen.

Die Krampfader-Lady lacht laut auf und berührt dabei schon wieder meinen Hintern. Ich merke, wie sich meine so sicher geglaubte gute Laune allmählich verabschiedet und in mir – sozusagen als Abschiedsgeschenk – einen ersten Anflug von Ärger zurücklässt.

Mein Gott, geht das denn überhaupt nicht voran? Die Hand an meinem Po – da ist sie schon wieder. Nun ist aber Schluss mit lustig. Ich wende mich ihr zu. »Entschuldigen Sie, aber könnten Sie das bitte sein lassen?« Sie sagt nichts, sondern lässt ihre Stirn erneut Akkordeon spielen. Wieder wendet Brünettchen sich mir zu. »Waren Sie das schon wieder?«

Ich bin mir keiner Schuld bewusst und deute hinter mich, ohne dabei den Kopf zu drehen.

»Bei Pograpschen wenden Sie sich bitte an die Person hinter mir.«

»He, was soll das? Hast du ein Problem?«

Schlagartig bildet sich ein dünner Schweißfilm auf meiner Stirn. Hinter mir steht nun ein Mann. Und es handelt sich um ein besonders kräftiges Exemplar meiner Gattung. Ein paar Meter weiter sehe ich die Krampfadern davontippeln.

Gereizt schaut der Kerl mich an, und am Rande meines Blickfelds bemerke ich sehr wohl die geballten Fäuste. »Sorry«, stoße ich schnell aus und folge kurz entschlossen meiner guten Laune, weg von diesem Irrenhaus. Ich biege um die Ecke und werfe einen hastigen Blick zurück. Erleichtert atme ich tief durch. Niemand verfolgt mich. Geschafft.

Mein Hunger ist seltsamerweise wie weggezaubert, und während ich den Weg Richtung Büro einschlage, kehren langsam aber sicher sowohl meine gute Laune als auch das Lied in meinem Kopf wieder zurück. Zweimal drehe ich mich noch erschrocken um, weil ich glaube, eine Hand am Po zu spüren, aber da ist niemand.

Ich weiß immer noch nicht, wovon ich letzte Nacht geträumt habe, aber ich habe die Befürchtung, in der kommenden werde ich mit einem Akkordeon an einem Flussdelta sitzen und das Lied spielen, das mir die ganze Zeit im Kopf herumspukt.

Und irgendwo auf dem Wasser treibt, unerreichbar für mich, ein dick belegtes Brötchen.

Fischsterben

Friedrich stützte sich an der Tischkante ab und ließ sich langsam auf den Stuhl nieder. Sein Blick war auf das Aquarium gerichtet. Auf den Fisch.

Nun bist du genauso einsam wie ich.

Das vorletzte Tier war gerade im Abfluss der Toilette verschwunden, begleitet vom gurgelnden Beerdigungsmarsch der Spülung.

Er hatte das Aquarium zusammen mit Erna gekauft. Es war ihr Wunsch gewesen, damals, vor zwei Monaten. Kurz danach starb sie, und er war alleine mit ihren Fischen zurückgeblieben.

Am Anfang hatte er vergessen, sie zu füttern, und einige waren gestorben. Mit sechsundsiebzig konnte man solche Dinge schon mal vergessen, wenn die Gedanken sich immer nur um den Menschen drehten, der einen das ganze Leben lang begleitet hatte.

Erst nach Wochen, als immer mehr der kleinen Körper leblos im Wasser trieben, nur von den Luftblasen des Filters bewegt, war Friedrich aufgefallen, dass etwas nicht stimmte.

Er hatte sich an den Tisch gesetzt und das Aquarium betrachtet. Etwa die Hälfte der Fische war tot. Wie Erna.

Lange hatte er sie angesehen, die lebenden und die toten Tiere. Und plötzlich wusste er, alles würde sich finden. Für die Fische und für ihn.

Die Schublade mit dem Futter hatte er genauso unberührt gelassen wie seinen Kühlschrank ab diesem Moment.

Seitdem wurden es täglich weniger Fische. Und Friedrich wurde mit jedem Tag schwächer.

Der Fisch schien ihn durch das Glas anzusehen. Vorwurfsvoll, bittend.

Ich kann dir nichts geben. Aber es wird sich alles finden.

Ob er es verstand? Ob er einsah, dass er immer noch Ernas Fisch war so wie er, Friedrich, immer Ernas Mann sein würde?

Mit schmerzverzerrtem Gesicht richtete sich Friedrich auf. Es fiel ihm schwer. *Nicht mehr lange.*

Nachts um zwei wachte er auf, rollte sich vorsichtig aus dem Bett und ging ins Wohnzimmer. Er brauchte lange für den Weg.

Dann stand er vor dem Glaskasten und betrachtete den Fisch, der mit dem Bauch nach oben im Wasser trieb.

Nun sind sie alle bei dir, Erna.

Er ging zurück ins Bett, zog sich die Decke bis ans Kinn und faltete die Hände über dem Bauch.

Er schloss die Augen und lächelte Erna zu.

Alles hat sich gefunden.

Stunden der Befreiung

Als sie das Restaurant betraten, ließ sich Thorsten wie jedes Mal bereitwillig umfangen von der gediegenen, gemütlichen Atmosphäre. Das Zusammenspiel aus leiser Musik und Kerzenschein, der die einzelnen Tische als kleine, intime Inseln in dem Meer aus gedämpfter Beleuchtung erscheinen ließ, erzeugte in ihm ein Gefühl von wohliger Geborgenheit. Fast hätte er geseufzt vor Wonne.

»Herr und Frau Seller! Wie schön, sie wieder bei uns zu Gast zu haben.«

Mit einem herzlichen Lächeln kam der Besitzer des Lokals auf sie zu und reichte ihnen die Hand.

»Ihr bevorzugter Tisch ist gerade eben frei geworden. Darf ich vorausgehen?«

Ohne eine Antwort abzuwarten, wandte er sich ab und steuerte auf den Tisch in der Ecke zu, an dem sie am liebsten saßen.

Dort schob er Kerstin den Stuhl zurecht, reichte

ihnen zwei Speisekarten und zog sich dezent zurück.

Thorsten faltete die Hände auf dem Tisch und sah seiner Frau in die Augen.

»Du siehst wunderschön aus, Kerstin. Ich stelle immer wieder fest, dass das Schicksal es sehr gut mit mir gemeint hat, als wir beide uns trafen.«

Ihr sinnlicher Mund öffnete sich zu einem etwas verlegenen Lächeln. Sanft umfasste sie seine Hände.

»Das ist ein sehr schönes Kompliment nach zwölf Jahren Ehe. Ich würde mich immer wieder in dich verlieben.«

Sie lächelten sich an, sahen sich lange in die Augen. Dann deutete sie einen Kuss an und griff nach der Speisekarte. Thorsten betrachtete sie noch für einen Moment und ließ dann den Blick kurz durch das Restaurant schweifen.

Plötzlich erstarrte er.

Zwei Tische weiter saß eine Frau, die eine unglaubliche Ähnlichkeit mit einer Person besaß, an die er schon lange nicht mehr gedacht hatte. An die er nicht mehr denken wollte. Danielle.

Vier Jahre war es nun her. Er war auf einer zweitägigen Geschäftsreise in Berlin gewesen. Beim Abendessen hatte er sie kennengelernt. Es war einfach so geschehen. Sein einziger Ausrutscher. Nichts von Bedeutung. Die gedankenlose, spontane Befriedigung einer kurz aufflammenden Lust.

Unbedeutend.

Unbedeutend? War es das wirklich gewesen? Hatten die Stunden in dem Hotelzimmer nicht etwas in ihm hinterlassen? Einen parasitären Einzeller wie bei einer Malariaerkrankung? Der vielleicht in Vergessenheit geraten war, aber dennoch im Verborgenen lauerte, jederzeit bereit, die Krankheit mit aller Gewalt ausbrechen zu lassen, sobald die Umstände dafür günstig waren? So günstig, wie in diesem Moment?

Thorsten verspürte einen Stich im Magen, als die Frau *(Danielle?)* ihn erst nur mit einem flüchtigen Blick streifte, dann aber ganz intensiv betrachtete. War sie es am Ende tatsächlich? Überlegte sie gerade, woher sie ihn kannte? War da ein Anzeichen des Erkennens in ihren Augen? Was, wenn sie sich erinnerte und lächelnd zu ihrem Tisch kam?

»Entschuldigung, aber heißen Sie Thorsten?«, würde sie fragen.

Er müsste es zugeben, aufmerksam beobachtet von seiner Frau.

Dann müsste er sie vorstellen. Eine alte Bekannte.

Sie würde sich wahrscheinlich wundern, ihn wiederzutreffen, und ihn vielleicht sogar lachend an diese Nacht erinnern. Diese Nacht vor vier Jahren. Nicht konkret, nur angedeutet. Gerade genug, um in Kerstin eine kleine Warnleuchte aufzucken zu lassen.

Irgendwann würde sie fragen, ob er mittlerweile

geheiratet hätte, und aus der kleinen, warnenden Leuchte würde ein Höllenfeuer werden.

Fragen kämen auf, die er nur mit Lügen beantworten konnte.

»Thorsten?«

Erschrocken zuckte sein Kopf herum. Kerstin sah ihn fragend an. Einen Moment hatte er geglaubt, sein Name sei mit Danielles Stimme ausgesprochen worden.

»He, was ist denn los mit dir? Du siehst plötzlich so ernst aus.«

»Ach, nichts Besonderes. Ich fühle mich nicht ganz wohl.«

»Aber gerade ging es dir doch noch gut. Ist dir schlecht?«

Mit einem ganz kurzen, wie zufälligen Seitenblick sah er, dass die Frau *(Danielle?)* sich mit ihrem Begleiter unterhielt. Sie schien jegliches Interesse an ihm verloren zu haben. Gott sei Dank.

Er hatte sich selbst unnötig verrücktgemacht. Wie sollte sie auch ausgerechnet hierherkommen? Aus Berlin. So ein Unsinn!

»Ach, es ist nicht so schlimm. Nur ein kurzes Unwohlsein. Ist schon wieder vorbei.«

Er atmete tief durch und schlug dann seine Speisekarte auf.

Er war erleichtert. Ein wenig.

Es dauerte einige Zeit, bis er sich etwas aus der

Karte ausgesucht hatte. Immer wieder entglitten ihm seine Gedanken, schlichen sich verstohlen zu dem anderen Tisch.

Als er schließlich doch etwas gefunden hatte und wieder aufblickte, bemerkte er aus den Augenwinkeln eine Bewegung.

Er sah in die Richtung und verspürte einen erneuten Stich. Sie war aufgestanden und kam direkt auf ihn zu. Lächelte.

Also doch.

In Sekundenbruchteilen bildeten sich kleine Schweißperlen auf seiner Stirn. Das fast übermächtige Gefühl, sich übergeben zu müssen, ergriff von ihm Besitz.

Aus. Alles aus. Das Fundament aus zwölf glücklichen Ehejahren würde in den nächsten Sekunden ins Wanken geraten.

Ein tiefes Gefühl der Schuld überkam ihn.

Immer noch lächelnd ging die Frau an ihrem Tisch vorbei zu der Garderobe, nahm ihren Mantel und zog ihn an.

Zwei Minuten später hatte sie mit ihrem Begleiter das Restaurant verlassen.

Als sie zu Hause ankamen, nahm Thorsten seine Frau an der Hand und zog sie mit sich ins Wohnzimmer. Sanft drückte er sie auf das Sofa, zog einen Sessel heran und setzte sich ihr gegenüber.

Sie kosteten Kraft und Überwindung, die nächsten Stunden.

Aber es waren wichtige Stunden. Stunden der Befreiung.

Ein erfülltes Leben

Es war ein Montagmorgen, der plötzlich eine bunte Parade über die dunkelgraue Nebenstraße schickte, die Alfreds Leben war. Er ließ sich gerade auf den Abdruck fallen, den sein Hintern im Laufe der Jahre im Schaumstoff des Schreibtischstuhls hinterlassen hatte, als helle Fanfaren ertönten, wo sonst nur ein monotones Summen seine Gedanken bestimmte.

Wie jeden Morgen richtete er den Blick zuerst auf das Fenster, suchend und in der absurden Hoffnung, irgendwo im Grau der gegenüberliegenden Hausfront einen Hinweis auf den Grund seiner Nichtigkeit zu finden. Eine Erklärung für seine Einsamkeit und die schwindende Kraft, mit der er sich verzweifelt an der untersten Sprosse der Mittelmäßigkeit festklammerte.

Ihr überdimensionaler Körper schien mit Lichtgeschwindigkeit auf ihn zuzurasen, beherrschte plötzlich sein gesamtes Gesichtsfeld und ließ ihn erschrocken zurückweichen, bis die Rückenlehne sein instinktives Ausweichmanöver federnd stoppte. Die Zeit schien für einen Moment den Atem anzuhalten, lächelnd zu verharren in ihrem Fluss, um ihm Gelegenheit zu geben, den Anblick zu verarbeiten.

Sie war das schönste Wesen, das er jemals gesehen hatte, und sie machte auf dem riesigen Plakat Werbung für Unterwäsche. Lasziv räkelte sie sich auf einem roten Sofa. Die langen schwarzen Haare flossen wie ein Seidentuch über die Lehne, berührten mit den Spitzen gerade den glänzenden Boden. Die Linien ihres fast nackten Körpers beschrieben Formen einer sinnlichen Ebenmäßigkeit, die in Alfred eine Ahnung gottgleicher Perfektion hervorriefen.

Der Anblick ihrer goldbraunen Haut, ein samtglänzendes, die Sinne benebelndes Versprechen. Alfred musste schlucken.

Langsam drückte er sich aus seinem Stuhl und ging mit starrem Blick und zitternden Knien zum Fenster, trunken vom Verlangen nach dieser Göttin. Ohne sein bewusstes Zutun legte sich seine Hand auf das glatte Fensterglas, und er spürte dabei nichts von der gefühllosen Kälte des Materials. Nein, er streichelte über diese Haut, ertastete sich den Himmel der Zärtlichkeit, vergaß das Schlucken und war zu entrückt, den dünnen Speichelfaden zu bemerken, der ihm aus dem Mundwinkel lief. Ergab sich schließlich in einem warmen Erguss, der seinen Körper mit der Heftigkeit eines Erdbebens schüttelte, und stand dann nur noch regungslos da.

Er wusste nicht, wie lange er so verharrte. Minuten? Stunden?

Aber was spielte das schon für eine Rolle im Angesicht einer Zweisamkeit, die menschliche Worte nicht beschreiben können? Irgendwann löste er sich von ihr und ging zu seinem Schreibtisch zurück. Er war selig. Entrückt. Glücklich.

Er machte sich an die Arbeit, und er empfand Freude dabei. Immer wieder warf er der Geliebten einen kurzen Blick zu, schenkte ihr ein zartes, dankbares Lächeln. Die Mittagspause nutzte er dazu, ihr einen Namen zu geben, sich dabei wohl bewusst, dass kein Name ihr gerecht werden könnte. Irgendwann einigte er sich mit sich selbst auf Chantal.

Chantal. *Seine* Chantal.

Am Nachmittag erzählte er ihr von seinem bisherigen Leben. Schonungslos offen breitete er es vor ihr aus. Sie sollte alles von ihm wissen. Er vertraute ihr. Dann stellte er ihr Fragen und prägte sich jedes ihrer Worte ein. Er lachte mit ihr und wurde traurig, als er von ihren Schicksalsschlägen erfuhr. Und immer wieder sagte sie ihm, wie sehr sie ihn liebte.

Es war schon spät, als er das Büro verließ. Viel später als sonst. So schnell er konnte, hastete er die Treppenstufen hinab, durch den kleinen Flur, hinaus aus dem Gebäude – und konnte sie dann endlich wieder sehen. Wie hatte er sie vermisst. Den Kopf in den Nacken gelegt, sah er ihr in die Augen und ging los.

Der Notarzt konnte nur noch den Tod feststellen. Das Auto hatte ihn in voller Fahrt erfasst, als er ohne Zögern auf die Straße getreten war. Den Fahrer traf keine Schuld.

Als der Arzt sich aufrichtete, sagte er leise zu dem Sanitäter, der neben ihm stand: »Ein tragisches Ende, aber haben sie sein Gesicht gesehen? Der Mann muss ein erfülltes Leben gehabt haben.«

Eine Frage der Autorität

Mittwochnachmittag, 15.10 Uhr

Lässig lehne ich an der Wohnzimmerwand und betrachte mein Werk. Ich bin zufrieden. Innerhalb einer knappen Stunde und mit einer gehörigen Portion kreativer Energie ist aus dem Ort der gemütlichen Entspannung ein quirlig-buntes Kinderparadies geworden.

Den Fernseher, ursprünglich nüchterner Quell für Informationen aus aller Welt, habe ich gönnerhaft mit einem quietschgelben Tuch zur Ablage für Moritz' roten Plastik-CD-Spieler degradiert. Lustige bunte Luftballons schmücken Decke und Wände, die Möbel tragen lockige Perücken aus Luftschlangen.

Das Zimmer ist bereit. Ich bin bereit.

Gerüstet für meine erste Teilnahme an einem Ereignis, das meine Frau mir in den vergangenen Jahren als *nervenaufreibenden Gemütsmarathon* beschrieben hat:

Kindergeburtstag.

Mein Sohn Moritz wird sieben. Ich muss lachen.

Eva hat wirklich einen leichten Hang zur Übertreibung. Besonders, wenn es um ihren Job als Mutter geht. Ich glaube, mit solchen Schauermärchen möchte sie einfach nur von mir bewundert werden. Möchte mir sagen: »Es war furchtbar, aber ich habe es trotzdem geschafft. Lobe mich.«

Wie auch immer. Zeit, dass sich der Vater um die Sache kümmert. Es liegt in der Natur der Dinge, dass ich als Mann ein besseres Durchsetzungsvermögen habe. Eine Bande von Zwergen wird mich nicht aus der Ruhe bringen.

Alles eine Frage der Autorität.

15.22 Uhr

Es klingelt. Ich setze ein freundliches Lächeln auf, als ich die Tür öffne. Misstrauisch werde ich von einem kleinen Jungen in Jeanslatzhose gemustert, während er mit Daumen und Zeigefinger intensiv das Innere seines linken Nasenlochs durchsucht. Schließlich zieht sich die Hand doch aus seinem Gesicht zurück, um gleich darauf das Resultat seiner Bemühungen seitlich an die Latzhose zu schmieren.

»Tag. Ich bin der Max und komme zu Moritz' Geburtstag. Bist du sein Opa?«

»Nein, äh … sein Vater. Komm ruhig rein.«

Okay, mein kleiner Freund. Dein Gesicht merke ich mir. So macht man sich keine Freunde.

Ich lächle immer noch, als der Pimpf selbstbewusst an mir vorbei ins Haus marschiert, aber jetzt fällt es mir schon nicht mehr so leicht.

15.25 Uhr

»Ich gehe schon«, rufe ich zur Küche hin, als der Türgong erneut ertönt. Ich reiße mich von Mäxchens Anblick los, der gerade mit einer schier unglaublichen Körperbeherrschung versucht, seine ganze Hand in dem anderen Nasenloch verschwinden zu lassen.

Laura ist nett. Sie begrüßt mich höflich und ohne Anspielungen auf mein Alter und bekommt dafür ein dickes Plus auf meiner geistigen Rangliste.

15.40 Uhr

Eva hat das Haus verlassen. Sie müsse noch schnell etwas aus dem Supermarkt besorgen, meinte sie. Ich käme ja sicher ohne sie klar. Sie hat dabei seltsam gelächelt.

In dem Kinderparadies, das eigentlich unser Wohnzimmer ist, tummeln sich mittlerweile zehn der kleinen Racker. Die Geräuschkulisse weckt Erinnerungen an die Rockkonzerte meiner Jugendzeit, der Fußboden an unsere Straße nach einem Faschingsumzug.

Ich bin die Ruhe selbst. Na ja – fast.

Laut klatsche ich in die Hände und rufe beifallheischend: »Wer von euch möchte ein Stück Schokoladenkuchen mit Smarties drauf, na?«

Die kleine Marie quittiert meinen Vorschlag mit einem gellenden Schrei. In ihren Haaren klebt ein gelblicher Knubbel.

Einer spontanen Assoziation folgend sucht mein Blick Max, den Nasenbohrer. Er streicht gerade mit einer Hand über den Schirm unserer Stehlampe. Er wird doch nicht …

Darum kümmere ich mich später. Erst Marie. Wäre schon ganz gut, wenn Eva langsam wiederkäme.

Der Knubbel stellt sich als Kaugummi heraus, für den Leon keine kulinarische Verwendung mehr hatte. Auf mein gutes Zureden hin beruhigt sich die kleine Marie wieder etwas. Mann, klebt das Zeug fest.

15.45 Uhr

Einige Krümel habe ich schon entfernt.

Plötzlich ein lautes Poltern. Ich schrecke hoch und ziepe Marie dabei an den Haaren, woraufhin sie sofort wieder Sirene spielt.

Moritz' roter Plastik-CD-Spieler hat sich als Puzzle über den Boden verteilt. Als mein Sohn das sieht, fängt er fürchterlich an zu brüllen. Das quietschgelbe

Tuch hängt wie eine schlaffe Fahne nur noch an einer Ecke des Fernsehers.

Ben findet, dass sich der gelbe Stoff super als Bekleidung für einen poppigen Scheich macht und schlingt ihn sich um Kopf und Schultern. Leider ist Max der gleichen Ansicht und versucht, das Tuch an sich zu reißen, das augenblicklich die Nachgiebigkeit des Klügeren beweist und sich mit ratschendem Geräusch in zwei Hälften teilt. Der Fernseher wackelt verdächtig.

Ich spüre, wie sich ein Anflug von Hilflosigkeit in mir breitmacht … Verdammt, wo bleibt Eva?

Vom eigenen Schwung prallt Max gegen den Tisch, woraufhin die dort abgestellten Gläser wie die Kegel umfallen und den leckeren roten Kirschsaft platzregengleich auf Tisch und Teppich niedergehen lassen.

Meine Hand schlägt sich mir wie von selbst vor die Stirn, und ich schreie: »Neiiin!«

Max brüllt sich vor Schreck die Seele aus dem Leib und versenkt trostsuchend den Zeigefinger in der Nase.

15.48 Uhr

Die Lage spitzt sich zu.

Während Ben, seine Tuchhälfte über den Augen hängend, blind auf den armseligen Überresten von Moritz' CD-Spieler herumtrampelt, schlägt mein

Sohn ihm brüllend das neue Feuerwehrauto auf den Kopf. Die roten Einzelteile mischen sich sofort unauffällig unter die des CD-Spielers. Und Ben kann noch lauter brüllen als Max.

Aus der Hilflosigkeit wird langsam Panik … Eeeeevaaa!

Laura zerrt mich am Ärmel und besteht nun auf ihrem Stück Schokoladenkuchen mit Smarties. Um ihrem Anliegen zusätzlich Nachdruck zu verleihen, tritt sie mir gegen das Schienbein.

Der Kirschsaft tropft gleichmäßig von der Wachstuchtischdecke auf den Boden, wo Mäxchen noch immer schluchzend sitzt und einen eben gefundenen Popel an seine neue Scheichbekleidung schmiert. Dann beginnt er mit dem Finger lustige rote Figuren in die Pfützen aus Saft zu malen, die der Teppichboden dankbar aufsaugt und auf diese Art für die Nachwelt konserviert.

15.51 Uhr

Die Marie-Sirene heult in unverändert hoher Tonlage und schreit mir dabei entgegen: »Das sage ich meiner Mama … dass du mich an den Haaren gezogen hast. Dann kannst du was erleben …«

Ich sehe das Bild einer schwergewichtigen Frau vor mir, die mein Haupt ob der Misshandlung ihrer Tochter mit einem Nudelholz bearbeitet.

Laura erklärt sich mit Marie solidarisch und heult

nun auch. »Und ich sage meiner Mama, dass du uns nichts zu essen gegeben hast.«

Aus Panik wird Wut … Mäxchens Malstunde auf dem Teppich ist beendet, und jetzt möchte er von dem *Opa* wissen, wann es denn nun endlich den Kuchen gibt.

Es reicht. Ich brülle aus Leibeskräften: »Ruuuuhe! Haltet jetzt alle sofort den Mund! Sofort!«

Nun weinen alle.

15.58 Uhr

Eva kommt nach Hause.

Sie sieht mich im Flur auf dem Boden sitzen und lächelt. Dann wirft sie einen Blick auf die geschlossene Wohnzimmertür, an deren Griff von innen wild gerüttelt wird, untermalt von ohrenbetäubendem Wutgebrüll.

»Hast du sie etwa eingeschlossen?«

Ich nicke stumm.

»Aber, du kannst doch die Kinder nicht …« Dann lächelt sie. »Ach so, hab ich ganz vergessen, alles eine Frage der Autorität, richtig?«

Ich lächele gequält. Dann stehe ich auf, gehe zielstrebig zur Haustür und schließe sie leise hinter mir.

Ist das nicht egal?

Der Mann sah verwahrlost aus.

Die Innenfläche der Hand, die sich mir entgegenstreckte, war schmutzig. In den tiefen Falten hatte sich der Dreck der Straße festgesetzt und zeichnete ein verästeltes Muster aus schwarzen Linien auf die Haut. Es sah aus wie das Flussdelta auf dem schmuddeligen Fetzen einer Landkarte.

Ich weiß nicht, woher er so plötzlich gekommen war. Wie aus dem Nichts stand er vor mir und hielt mir seine offene Hand unter die Nase.

Ich musste stehen bleiben, wollte ich ihn nicht umrennen.

»Ich habe Hunger«, sagte er und drückte mir dabei eine Wolke säuerlichen Atem ins Gesicht. Sein Blick wirkte müde.

Instinktiv wich ich einen Schritt zurück. Er rückte nach.

Schnell blickte ich mich um. Die Leute gingen in

großem Bogen an uns vorbei. Ich konnte die Erleichterung in ihren Gesichtern sehen. Sie waren froh, dass es mich erwischt hatte und nicht sie selbst.

»Hören Sie«, sagte ich genervt und schüttelte dabei den Kopf. »Warum gehen Sie nicht einfach arbeiten? Ich muss auch arbeiten für mein Geld.«

Er antwortete nicht, aber sein Blick wurde intensiver. Und müder. Ich wandte mich nach rechts, wollte an ihm vorbei, doch mit einem Schritt zur Seite stand er wieder vor mir, die Hand mit dem schmutzigen Flussdelta auf der Innenfläche noch immer ausgestreckt.

»Ich habe Hunger«, sagte er noch einmal.

Wieder warf ich einen schnellen Blick zur Seite. Die Sache wurde mir langsam peinlich.

Aber gut. Wiederholen konnte ich mich auch. »Warum gehen Sie nicht arbeiten? Oder zum Sozialamt?«

Nun lächelte er. Traurig. Resigniert.

»Ist das nicht egal?« Er sprach langsam und leise. Die Stimme passte zu seinen Augen.

»Nein, das ist nicht egal.« Meine Stimme passte zu dem Ärger, der sich in mir ausbreitete. »Da bräuchte ja niemand mehr arbeiten zu gehen. Tolle Idee. Ab morgen stelle ich mich auch einfach hin und bettele die Leute an.«

Nun wandte er zum ersten Mal den Blick von mir ab und sah an sich herunter.

»Sehen Sie mich an. Wollen Sie das wirklich?«

Auch ich betrachtete kurz seine zerschlissene, schmutzige Kleidung. Nein, das wollte ich ganz bestimmt nicht. Ekelhaft. Ich winkte ab. »Also noch einmal: Warum gehen Sie nicht zum Sozialamt?«

Nun senkte er die Hand. »Ich bin ein Mensch, und ich bin sehr hungrig. Ich bitte um Ihre Hilfe. Ist es nicht egal, warum? Brauchen Sie wirklich eine plausible Erklärung, bevor Sie jemandem in Not helfen?«

Sekundenlang sahen wir uns an, dann konnte ich seinem Blick nicht mehr standhalten und drehte mich um.

Verdammt, was war nur los mit mir? Er hatte recht. Eigentlich war es doch egal, warum er sich in dieser Situation befand. Mir taten ein, zwei Euro nicht weh, und wenn er sich wirklich etwas zu essen davon kaufte …

Ich griff in die Innentasche des Mantels und zog meine Geldbörse heraus. Im Münzfach waren etwa drei Euro. Die schüttete ich mir auf die Handfläche und wollte mich ihm wieder zuwenden. Aber er war verschwunden.

Ich sah mich nach allen Seiten um, doch er blieb wie vom Erdboden verschluckt. Mit einem tauben Gefühl packte ich die Münzen wieder ein und machte mich dann auf den Weg nach Hause. Zweimal noch blickte ich mich um.

Nach dem Abendessen stand ich auf, ging um den Tisch herum zu Barbara und zog sie zu mir hoch. Als sie mich fragend ansah, sagte ich: »Ich fühle mich nicht gut. Nimmst du mich bitte in den Arm?«

Auf ihrer Stirn erschienen Falten. »Warum? Was ist denn los?«

Einige Sekunden lang sah ich ihr in die Augen, dann lächelte ich traurig. »Ist das nicht egal?«

Karins Leiden

Ich sitze auf der Rückbank des Wagens. Der Mann neben mir schaut konsequent auf seiner Seite aus dem Fenster. Er mag mich nicht, obwohl er nichts von mir weiß. Menschlich.

Man erlebt jemanden in einer einzigen, bestimmten Situation, oder besser, man erlebt das Resultat einer bestimmten Situation, und schon sind die Würfel gefallen. Ich kann es ihm nicht verübeln, er hat Karin nicht gekannt.

Seine blaue Uniform sieht nicht sehr bequem aus. Ob ich ihn anspreche? Nein, besser nicht.

Von draußen starren mir die Betongesichter der Vorstadthäuser mit gleichgültiger Kälte entgegen. Nur Sekunden, nicht lange genug, um Charakterzüge an ihnen ausmachen zu können. Doch da, die rosafarbene Front. Die überbreite Haustür sieht aus wie ein lachender Mund. Fensteraugen darüber werfen mir unter den halb geschlossenen Lidern aus Gardinenstoff einen aufmunternden Blick zu. Freundlich, warm … unpassend.

Begleitet von Knacken und Rauschen höre ich im Sekundentakt Stimmen aus einem Lautsprecher irgendwo im vorderen Bereich des Wagens. Wie in weiter Ferne in einen Blecheimer gesprochen, unverständlich, nicht für meine Ohren bestimmt.

Die Häuserfronten verschwimmen vor meinen Augen. Ich ziehe mich zurück aus dieser Welt im Wageninneren, die nicht meine ist.

Karin … Ich komme lieber zu dir. Du bist mir vertraut.

Meine leidende Karin. Wer hätte das gedacht? Fast dreißig Jahre waren wir verheiratet. Ziemlich genau die Hälfte meines Lebens habe ich mit dir verbracht. Wie sehr du mein Leben in diesen dreißig Jahren verändert hast. Nicht mit einem Paukenschlag, nein, eher schleichend, unterschwellig. Aber konsequent.

Du warst so anders als alle Frauen, die ich vor dir gekannt hatte.

Tiefgang habe ich damals dazu gesagt.

Es waren deine Augen. Ich habe mich verloren in deinen Augen, diesen endlosen grünen Meeren aus Gefühlen. Wenn du mich ansahst, konnte ich darin Schiffe treiben sehen, deren Frachträume gefüllt waren mit Traurigkeit. Erst Jahre später ist mir aufgegangen, dass der Steuermann dieser Schiffe *Berechnung* hieß. Ganz langsam nur war mir klargeworden, dass es nicht melancholische Traurigkeit war, die ich in deinen Augen sah, sondern Leiden.

Ja, Karin, du hast dein Leben lang gelitten. Nicht etwa, weil es dir schlechtging oder weil dich ein körperliches oder seelisches Gebrechen quälte. Nein, du hast gelitten um des Leidens willen.

Verdammt, hättest du mich nur ein einziges Mal angeschrien. Wärst du doch nur einmal keifend hinter mir hergelaufen, wenn ich spät in der Nacht von meinem Schachabend nach Hause kam – welch eine Befreiung wäre es gewesen. Aber das hast du nie getan. Du hast gelitten und mein Leben infiziert mit diesem stummen Vorwurf in deinen Augen.

Wie oft habe ich dich gefragt, was mit dir los ist, ob dir etwas fehlt … ob ich etwas falsch gemacht habe? War es hundert Mal, tausend Mal?

»Es ist alles gut«, hast du mir immer geantwortet. Und dann hast du stets dieses Seufzen ausgestoßen. Dieses Geräusch, dessen Bedeutung du mir all die Jahre vorenthalten hast und das mir im Laufe der Zeit zur grausamen Folter geworden ist.

Ja, Karin, du hast mein Leben, du hast *mich* verändert. Hast mich in akribischer Feinarbeit zu einem wandelnden schlechten Gewissen werden lassen.

Dann, es ist erst ein paar Jahre her, hast du dich irgendwann dazu entschlossen, die Dosis zu erhöhen. Das Gift, das du mir täglich mit deinen Augen und deinem Seufzen verabreicht hast, genügte dir nicht mehr. Du brauchtest einen zusätzlichen Katalysator.

Welch treffender Vergleich. Ein Stoff, der chemische Reaktionen ermöglicht oder ihre Geschwindigkeit beeinflusst. Ja, diese nach dem Seufzen hingeworfenen Worte oder auch nur Laute haben bei mir tatsächlich eine chemische Reaktion beschleunigt.

»Ach ja«, war so ein Katalysator. »Wie soll es mir schon gehen?«, ein anderer.

Ich habe die chemischen Reaktionen in meinem Körper förmlich gespürt, Karin. Was mich vorher zur Verzweiflung gebracht hat, fing an, mich wütend zu machen. Ich begann, dich anzuschreien nach deinem Seufzen und deinem »Ach ja.«

Dann hast du mich nur stumm angesehen und noch mehr Schiffe auffahren lassen, die ihre ganze Ladung Leid in deine Augen ergossen.

Ich hatte mich isoliert von allem, was vielleicht der Auslöser für dein Leid hätte sein können. Ich bin nicht mehr zu meinem Schachabend gegangen. Das Singen im Kirchenchor, mein liebstes Hobby, hatte ich schon viel früher an den Nagel gehängt. Ich war nur noch zu Hause bei dir.

Und du? Du gabst mir immer mehr davon.

Heute Morgen habe ich wieder einmal versucht, mit dir zu reden. Habe dich angefleht, endlich dein großes Geheimnis zu lüften. Du hast nur dagestanden und … geseufzt. Und dann hast du gesagt: »Ich ertrage mein Schicksal, ohne mich zu beklagen.«

Du hast dich umgedreht und wolltest aus dem Zimmer gehen. Da habe ich dich angeschrien. Habe gebrüllt, dass ich langsam aber sicher verrückt werde. Dass du mein Leben ruiniert hast mit deinem verdammten Schicksal.

Du hast mich angesehen und gesagt: »Ach ja, vielleicht wäre es für alle besser, ich wäre tot.«

Da habe ich es einfach getan.

Ein Fnurz, der dürpelt

Ruckartig dreht der winzige Rennwagen seine Runden, immer ganz knapp am Rand entlang. Drei hat er schon geschafft, ohne in den unbeschreiblich tiefen Abgrund zu stürzen. Die vierte Runde beginnt …

»Benjamin, kannst du dich jetzt endlich anständig an den Tisch setzen?«

Er zuckt zusammen, und der Schubs, den sein Zeigefinger gerade wieder dem kleinen, abgeblätterten Stück des Croissants gibt, fällt zu heftig aus. Mit Schwung saust der Teigkrümel über den Tellerrand und landet auf dem Frühstückstisch.

Rennen zu Ende. Totalschaden.

Benjamin richtet sich auf und sieht erst seine Mutter, dann seinen Vater mit schuldbewusstem Blick an. Er weiß nicht genau, was er falsch gemacht hat, aber den Ton, mit dem Papa das gesagt hat, kennt er gut. Es war vielleicht nicht richtig, mit dem Krümel zu spielen.

Er senkt den Kopf, ahnt, was jetzt kommen wird.

»Ich weiß wirklich nicht, was wir mit dir noch machen sollen«, sagt sein Vater kopfschüttelnd. Er sagt das immer, wenn Benjamin etwas falsch gemacht hat.

»Du interessierst dich für jeden Furz, wenn er nur unwichtig genug ist. Du bist ein Träumer, grübelst den ganzen Tag vor dich hin. Sieben Jahre bist du alt und kannst noch immer nicht richtig reden, obwohl du kerngesund bist. Verdammt nochmal, gib dir endlich mal Mühe.«

Seine Stimme ist lauter geworden, während er das sagt. Wie immer.

Dann fasst er Benjamin am Arm und drückt mit seiner großen, haarigen Hand so fest zu, dass es weh tut. »Hast du gehört, was ich gerade gesagt habe?«

Benjamin nickt, dabei laufen ihm Tränen über die Wangen.

»Dann merk es dir gefälligst.«

Fnurz, wiederholt Benjamin in Gedanken. Und dürpelt den ganzen Tag.

»Dieter, lass ihn …«

Benjamin spürt, dass seine Mutter ihn mit ihrem schwachen Einwand beschützen will. Aber er weiß auch, dass es bei diesem Versuch bleiben und Papa sich nicht beruhigen wird.

Fnurz … dürpelt …

Die Sonne spiegelt sich auf dem Wasser als weißer Ball mit verschwommenem, beweglichem Rand. Das prächtige Piratenschiff hat alle Segel gesetzt und durchpflügt kraftvoll die Wellen. Gleich hat es die Fregatte des Königs erreicht. Dann wird es einen erbitterten Kampf mit den Soldaten um die Schätze geben, die der königliche Segler in seinem Bauch trägt.

»Attacke«, ruft Benjamin, und es ist ihm egal, ob Piraten das wirklich schreien, bevor sie ein Schiff entern.

Plötzlich lenkt etwas seine Aufmerksamkeit von den beiden Holzstückchen in der Pfütze ab. Ein dunkler Schatten, den er nur aus den Augenwinkeln wahrnimmt.

Er hebt den Kopf und blickt auf die rechte Seite des Spielplatzes, wo er den Schatten bemerkt hat. Dort steht, halb hinter hohen Hecken versteckt, einsam das kleine Haus der alten Frau Gärtner, die die Kinder nur Oma Erna nennen.

Er mag Oma Erna sehr gern, weil sie immer nett zu ihm ist, wenn sie auf den Spielplatz kommt. Meist hat sie selbstgebackene Plätzchen in der Tasche ihrer bunten Schürze.

Erst kann Benjamin nicht entdecken, was der dunkle Schatten gewesen ist. Er will sich schon wieder seinem Spiel widmen, als er den Rauch bemerkt, der sich in einem breiten Band an dem gekippten Fenster auf der linken Seite vorbeidrückt.

Dunkler, fast schwarzer Rauch.

Benjamin steht auf und macht ein paar zögerliche Schritte auf das Haus zu. Als er die Hecke erreicht hat, bleibt er stehen und beobachtet den Qualm, der nun bedrohlich schnell ins Freie drängt.

Feuer. Es brennt in Oma Ernas Haus. Benjamins Gedanken beginnen zu rasen. Was soll er nun tun? Nach Hause laufen und es Mama und Papa sagen? Ja, das wird das Beste sein. Papa weiß bestimmt, was zu tun ist.

Er rennt los. Ein paar Schritte nur, dann bleibt er wieder stehen. Was, wenn Papa wieder mit ihm schimpft? Vielleicht hat er wieder etwas falsch gemacht? Vielleicht ist er schuld, dass … Er hat doch wieder gespielt. Fnurz. Dürpelt.

Aber Oma Erna … Benjamin beginnt zu weinen. Er ist verzweifelt. Was soll er nur tun? Oma Erna … Die leckeren Plätzchen.

Ohne weiter darüber nachzudenken, rennt er los, jedoch nicht in Richtung der Straße, sondern auf das Haus der alten Frau zu. Mit zitternden Fingern presst er die ganze Hand auf den Klingelknopf. Immer und immer wieder drückt sein kleiner Handballen auf die Klingel. Nichts.

Seine Verzweiflung wird immer größer. Laut schluchzend läuft Benjamin seitlich am Haus entlang, vorbei an dem Fenster, durch das immer größere, immer schwärzere Rauchschwaden aufsteigen.

Die Terrassentür an der Rückseite des Hauses steht offen. Auch hier suchen sich erste schwache Rauchfäden ihren Weg ins Freie. Benjamin zögert nur einen kurzen Moment, dann geht er ins Haus. Egal, was Papa sagen wird, er muss nachsehen, wo Oma Erna ist.

Es stinkt in der Küche, als er sie betritt, aber Feuer kann er noch keines sehen. Er durchquert den kleinen Raum und steht in einem düsteren Flur. Hier ist der Rauch schon dichter. Das Atmen fällt ihm schwer. Zwei Türen auf jeder Seite. Und jetzt?

Oma Erna … er muss sie finden. Schnell!

Panisch stößt er die erste Tür auf. Rauch, überall … Er kann fast nichts sehen, seine Augen brennen. Da, auf dem Boden … ein großer, dunkler Fleck. Oma Erna!

Die alte Frau bewegt sich nicht. Benjamin bückt sich und muss fürchterlich husten. »Omma Enna!«, ruft er und rüttelt heftig an der knochigen Schulter der Frau, doch sie regt sich nicht.

Verzweifelt sieht er sich um. Nur schemenhaft kann er in dem dichten Rauch einzelne Möbelstücke erkennen. Dort hinten an der Wand, ein riesiger roter Schimmer. Glut. Feuer.

Benjamin packt Oma Ernas rechten Arm und versucht, sie wegzuziehen. Der schmale Körper bewegt sich tatsächlich ein kleines Stück.

Wieder muss er husten, hat das Gefühl, sich

gleich übergeben zu müssen. Der Drang, einfach nach draußen zu laufen, ist fast übermächtig. Aber das kann er nicht. Er muss sich um Oma Erna kümmern. Mit aller Kraft stemmt er sich gegen die Last und zieht. Immer ein Stück weiter, noch ein Stück, aus dem Zimmer, in den Flur. Die Küche! Bald, bald hat er es geschafft. Fnurz … dürpelt …

Benjamin liegt auf einer Trage vor Oma Ernas Haus und betrachtet die vielen Beine, die um ihn herumstehen. Überall wird laut geredet. Seine Mama kniet neben ihm und streichelt ihm über die Stirn. Sie weint. Immer wieder muss er husten.

Papa ist auch da. Er steht hinter Mama und unterhält sich mit einem Feuerwehrmann. Dann verschwinden einige der Beine, und ein Mann sieht auf ihn herab.

»So, du Held, nun schau mal in die Kamera.«

Das laute Reden hört auf. Alle schauen ihn an. Ein Blitz … Benjamin dreht erschrocken den Kopf weg. »Mama.«

Sie streichelt ihm übers Haar und weint immer noch.

Der Mann mit dem Fotoapparat beugt sich zu Benjamin herunter.

»Nun erzähl mal. Wer ist denn überhaupt unser mutiger Lebensretter? Na?«

Benjamin sieht, dass sein Papa ihn anblickt. Alle

sehen ihn an. Er muss jetzt etwas Richtiges sagen. Mit richtigen Worten.

Kurz denkt er nach, dann fällt es ihm wieder ein.

Mit fester Stimme sagt er: »Is bin ein Fnurz, der dürpelt.«

Genau so steht es am nächsten Tag in der Zeitung.

Arno Strobel

Im Kopf des Mörders – Tiefe Narbe

Thriller

Band 29616

»Arno Strobel gehört zu den besten deutschen Thrillerautoren.«
Für Sie

Max Bischoff ist der Neue bei der Mordkommission in Düsseldorf, und sein erster Fall hat es in sich. Auf dem Präsidium taucht ein verwirrter Mann auf, von oben bis unten mit Blut besudelt. Er kann sich an die letzte Nacht nicht erinnern. Wie sich herausstellt, stammt das Blut von einer Frau, die spurlos verschwand und für tot gehalten wird. Ist der Mann ihr Mörder? Ist er Täter oder Opfer?

Der Auftakt der neuen spannenden Thriller-Trilogie und der erste Fall für Oberkommissar Max Bischoff

Das gesamte Programm gibt es unter
www.fischerverlage.de

Arno Strobel

Im Kopf des Mörders – Kalte Angst

Thriller

Band 29617

»Ein richtiger Pageturner, packend.«

SR 3

Ein Unbekannter mit einer Fliegenmaske dringt nachts in Häuser ein. Er lässt einen Überlebenden zurück und eine Botschaft: »Erzähl es den anderen.« Max Bischoff, Profiling-Experte beim KK 11 Düsseldorf, erhält einen Anruf aus der Psychiatrie: Siegfried Fissmann, einer der Patienten dort, sagt diese Taten genau voraus. Bischoff muss sich auf Fissmann einlassen, wenn er weitere Morde verhindern will. Und gerät dabei selbst an die Grenzen der psychischen Belastbarkeit …

Der zweite Fall für Oberkommissar Max Bischoff

Das gesamte Programm gibt es unter
www.fischerverlage.de

Arno Strobel
Der Sarg
Psychothriller
Band 19102

Alles nur ein schlimmer Traum?

Sie wacht auf. Es ist dunkel. Zu dunkel. Sie kann nichts erkennen. Kein Lichtschein durch die Jalousien, keine Leuchtziffern auf dem Wecker. Nichts. Sie will sich aufrichten. Es gelingt ihr nicht. Ihr Kopf schlägt dumpf gegen Holz. Sie ist gefangen. Sie liegt in einem Sarg. Und niemand hört sie schreien.

»Meisterhaft spielt Arno Strobel mit den Nerven seiner Leser. Hochspannung pur!«
Nele Neuhaus

Fischer Taschenbuch Verlag

Arno Strobel

Die Flut

Psychothriller

Band 19835

Sie sind ihm hilflos ausgeliefert, sie können sich nicht befreien. Und dann kommt die Flut …

Grausame Morde geschehen auf der Nordseeinsel Amrum. Paare werden entführt und nachts am Strand ermordet. Besonders brutal: Der Mörder lässt den Mann dabei zusehen, wie seine Frau in der Flut ertrinkt. Er hat den perfekten Plan. Er weiß, wie er sie täuschen muss. Und er ist noch längst nicht fertig …

»Nach der letzten Seite braucht man einen doppelten Whiskey – und an Schlaf ist trotzdem nicht zu denken.«

Stern